U0735570

读者丛书
DUZHE CONGSHU

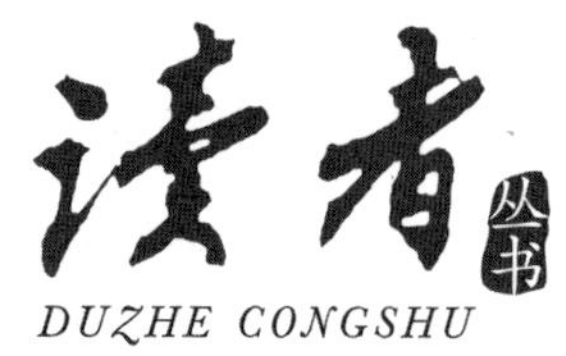

山桃花与信天游

读者丛书编辑组 / 编

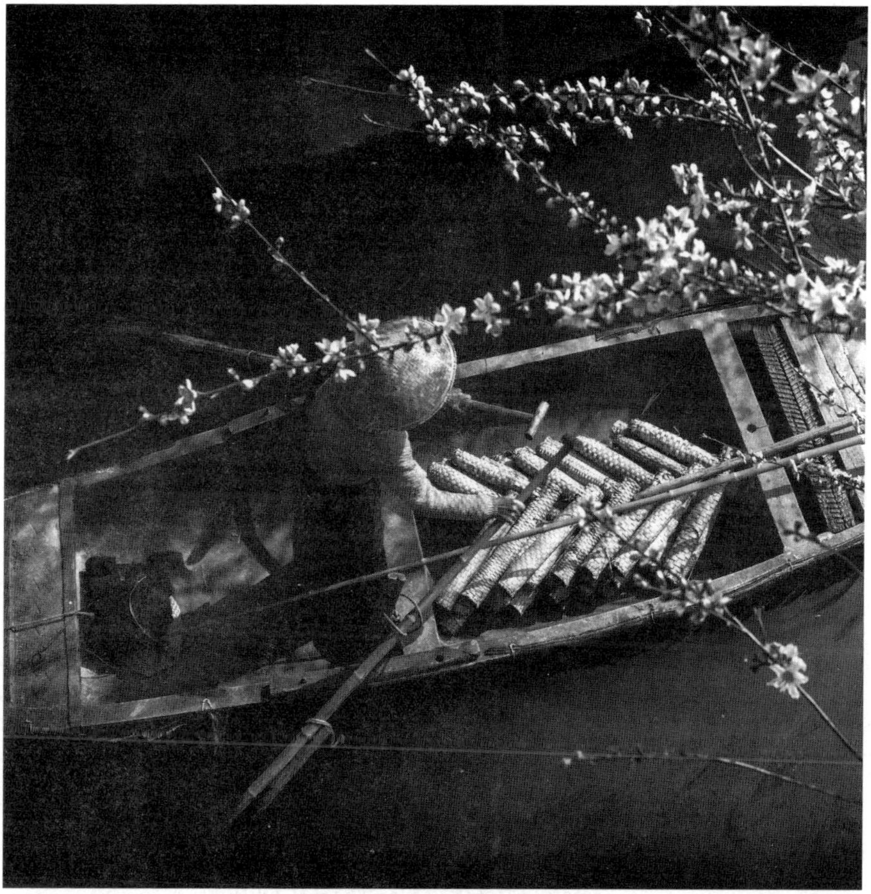

读者出版传媒股份有限公司
甘肃人民出版社

甘肃·兰州

图书在版编目（CIP）数据

山桃花与信天游 / 读者丛书编辑组编. -- 兰州 : 甘肃人民出版社, 2022.10 （2024.11重印）
ISBN 978-7-226-05825-1

Ⅰ. ①山… Ⅱ. ①读… Ⅲ. ①散文集—中国—当代 Ⅳ. ①I267

中国版本图书馆CIP数据核字（2022）第091653号

总 策 划：刘永升　马永强　李树军
项目统筹：宁　恢　高茂林
策划编辑：高茂林
责任编辑：李依璇
助理编辑：果　欣
封面设计：裴媛媛

山桃花与信天游
SHANTAOHUA YU XINTIANYOU
读者丛书编辑组　编
甘肃人民出版社出版发行
（730030　兰州市曹家巷1号新闻出版大厦14楼）
三河市嵩川印刷有限公司印刷
开本 710 毫米×1000 毫米　1/16　印张15.5　插页2　字数 194 千
2022年10月第1版　2024年11月第4次印刷
印数：30 001~32 000
ISBN 978-7-226-05825-1　　定价：39.00 元

目　录

CONTENTS

落花生

老　舍

我是个谦卑的人。但是，口袋里装上四个铜板的落花生，一边走一边吃，我开始觉得比秦始皇还骄傲。假若有人问我："你要是做了皇上，怎么享受呢？"简直都不必思索，我就答得出："派四个大臣拿着两块钱的铜子，爱买多少花生吃就买多少！"

什么东西都有个幸与不幸。不知道为什么瓜子比花生的名气大。你说，凭良心说，瓜子有什么吃头？它夹你的舌头，塞你的牙，激起你的怒气，因为一咬就碎；就是幸而没碎，也不过是那么小小的一粒，不解饿，没味道，劳民伤财，布尔乔亚！你看落花生：大大方方的，浅白麻子，细腰，曲线美。这还只是看外貌。弄开看，一胎儿两个或者三个粉红的胖小子。脱去粉红的衫儿，象牙色的花生仁儿一对对地抱着，上边儿还接着吻。那个光滑，那个水灵，那个香喷喷，碰到牙上那个干松酥软！直接吃也好，就酒喝也好，放在舌上当槟榔含着也好。写文章的时候，三四个花生可以代替一支香烟，而且有益无损。

种类还多呢：大花生、小花生，大花生米、小花生米；糖饯的、炒的、煮的、炸的，各有各的风味，都好吃。阴天下雨，煮上些小花生，放点儿盐，来四两玫瑰露，够作好几首诗的。瓜子可带来作诗的灵感？冬夜，早早躺在被窝里，看着《水浒传》，枕旁放着些花生米；花生米的香味在舌上、在鼻尖，被窝里的暖气，武松打虎……这便是天国！冬天在路上，刮着冷风，或下着雪，口袋里有些花生，使你心中有了主儿，掏出一个来，剥了，慌忙往口中送，闭着嘴嚼，风或雪立刻不那么厉害了。况且，一个二十岁以上的人神仙似的，无忧无虑的，随随便便的，在街上一边走一边吃花生，这个人将来要是做了宰相或度支大臣，他是不会有官僚气或贪财的。他若是做了皇上，必是一位俭朴温和、直爽天真的皇上，没错。

吃瓜子的照例不在街上走着吃，所以我不给他保这个险。

至于家中要是有小孩儿，花生简直比什么都重要。不但可以吃，而且能拿它们玩。夹在耳唇上当环子，几个小姑娘就能办很大的一回喜事。小男孩若找不着玻璃球儿，花生也可以当弹儿。玩法还多着呢。玩了之后，剥开再吃，也还不脏。两个大子儿的花生可以玩半天，给他们些瓜子试试。

论样子，论味道，栗子其实满有势派儿。可是它没有落花生那点家常的“自己”劲儿。栗子跟人没有交情，核桃也不行，榛子就更显着疏远。落花生在哪里都有人缘，自天子以至庶人都跟它是朋友，这不容易。

在英国，花生被叫作“猴豆”。人们到动物园去才带上一包，去喂猴子。花生在这个国家真不算很光荣，可是我亲眼看见去喂猴子的人——小孩就更不用提了——偷偷地往自己口中也送这猴豆。花生和苹果一样好像有点魔力，假如你知道苹果的典故。我这儿确是用着典故。

美国吃花生的不限于猴子。我记得有位美国姑娘，到中国来的时候，在几只皮箱的空处都填满了花生，大概凑起来有十来斤吧，怕到中国吃不着这种宝物。美国姑娘都这样看重花生，可见它确实有价值。按照哥伦比亚的哲学博士的辩证法看，这当然没有误儿。

花生大概还跟婚礼有点关系，可我一时想不起来是怎么个办法了，不是新娘子在轿里吃花生，反正是什么什么春吧。你可晓得这个典故？其实花轿里真放上一包花生米，新娘子未必不一边落泪一边嚼着。

（摘自《读者》2016年第6期）

呼喊的泥土

陈蔚文

那次，在电视《半边天》节目见主持人张越采访一位乡村女人张小样，张小样坐在扬起尘土的院里说，“……我不要什么都不知道，不要就这样过一辈子！我渴望知识，渴望从电视里多知道一些事。我不要麻木。我宁愿痛苦。”她的声音哽咽了，饱含无限折磨委屈，同时有种横下心的决绝。张越说起采访结束后，摄制组即将离开的前夜，张小样忽然冲进她住的县城宾馆（此前张越多次邀请她来玩或同住，她从未来过一次），抱住张越号啕痛哭了一刻钟，然后她说，你们走了，又剩我一个了。

——在她的乡村，她找不到一个可说话的人，人们当她是异类，这种深井般的无望与孤独，让一个女人向上的路走得艰涩无比。拍电视的人完成了节目，为看电视的人提供了感动，却没法为她提供更多实质性的帮助。她仍留在闭塞乡村，艰难地咬着牙不肯屈服于那么多乡村女人都屈服了的命。她要想事，她要思考，她的眼睛和面孔充满挣扎的痕迹，她穿着红衣裳坐在堆着麦秸杆的院里，像面决不投降的旗帜。这是个不甘于命运的执拗女人，一个不肯把心磨砺成粗硬石头的女人，她忍着鲜血与疼痛要把心打磨成看得清事物的玻璃——人鱼用行走的剧烈痛苦换来了腿，却并未赢得王子和爱情，但人鱼一点也不悔，因为在剧痛中她曾那么，那么地接近了幸福。

张小样，她也是条甘愿的人鱼，她不要蒙昧与混沌，她要看清生活与命运到底怎么回事，她不要她的生活只被鸡鸭灶火奶孩子围困，她要不辜负自己地活一趟。

电视只看到一个片断，我不知道张小样这个乡村女人究竟经历了些什么，做了些什么，又将面临什么，但我知道她的委屈与不甘，知道她很难，知道她心上的伤痕比粗糙手掌上更多，知道许多个乡村的黑夜，当村庄劳作疲累的人们都睡下时，她却在艰难地摸索未知的光明。

去年秋天快过完时收到一封信，一个和张小样类似的皖西北乡村女人写来的，她在某份旧杂志看到我的简介通联。信的开头说，我和你年纪相似，已是两个孩子的母亲，生活在一个偏远乡村……她说，看旧杂志（有的是打工的村人从外头带回的）是我生活里最大的幸福，一本杂志我要读上几十遍，翻破的地方粘好再看，有时在灶边看把饭都烧糊了，公婆为这骂过我好几次；她说，我这辈子大概也走不出这里，我希望我的孩子有一天能走出去；她说，我们这儿发信和收信都很难，要等好一段日子，其实我也没想你回信，回了我也不知能不能收到，我就是想写给你，让你知道在很远的村子有我这么个女人……

字写得不好，一笔一画却工整，信纸略发黄，像供销社积压的库存。我记得是晚饭前漫不经心拆开的，之前已拆阅了若干封要求交流（或指点）写作经验或抒发成长苦闷的读者来信，我打算草草看过这封就吃饭，饭后有档华语金曲颁奖节目，我看此类节目比看名著劲头还大。信有三四页，语气淡定，无恨亦无怨，她只是心平气和地告诉我她的生活，告诉我偏远的皖北山村有她这样一个女人的存在。

我坐在餐桌边，讶异以及震动刹那包围了我，因为急着看电视浮躁的心像被细绳子往下拽了下，一个皖北女人沉沉的心事握在手上。她长什么样儿？经历了怎样的内心挣扎她才淡定地接受了一切？她的信很平静，可还是流泻出忧伤。那本杂志简介上我的年龄是二十六岁，年纪相似的她（可能更小些）已是两个孩子的母亲？嫁人生子前，她一定也有过对外部世界发亮的憧憬吧。她嫁了个怎样的人？待她好吗？信上她一句也没提到他。

我想一定要回信，马上回，然而纸笔在手中，却不知从何写起，同情，劝慰，勉励？也许对她都无意义，就像电视节目或者并不能实质性地帮助张小样，她在寄出这封信时，意义对她已经完成——这其实是她写给自己的一封信吧，是她憋久了冲山谷喊出的一句回声！

我寄了厚厚一摞杂志给她——不知道她能否收到，也不知这摞杂志是帮她，还是更让她内心搅起波澜。我还是寄了，我不想她再翻那些已卷边破烂的旧杂志，我希望她能在有风的黄昏展开这些簇新杂志，油墨将盖过禽畜们槽中晚餐的气味，她的手指将触摸到一个隐约而庞杂的轮廓（这轮廓由迷离物质与层叠精神构建，与她隔纸相望），文字的灯火在这刻映亮她内心，像她信中说的，这刻，是她最大的幸福——尽管渗杂着疼痛。

没再收到她的信。

遇见另一个穿过城市的乡村男人。

雨绵绵下了几日，他从站台对面的马路骑过来，破旧的二八自行车后载着两个大菜筐，薄的塑料雨披象征性披在身上，他的头发、脸全是雨水，裤腿溅满泥泞，快骑到十字路口一半时，红灯忽然亮了。他没像大多城市人会做的那样紧踩几脚冲过去，他像受到惊吓，停下。车辆人流如开闸的水从他身边川流而过，汽车粗暴地摁响喇叭，他惶惑局促地站在十字路口中央，边左闪右避，边吃力地撑着车子。行人都赶着去到温暖干燥的地方，没人注意他，他的神色却像站在万人礼堂被曝光，手脚无措，满脸惶惑。雨水打在他镜片上，他腾不出手揩拭，揩拭也没用，雨下得恣肆。他的旧套鞋（打着红胶皮补丁）和厚的黑框眼镜形成奇怪对照，前者显现出一种生活粗暴的浸染，后者折射出被书页与昏暗灯光损坏的视力。

他大概从近郊来卖菜，或许经历了落榜或因贫困而不得不中断学业，黑，瘦，脸上还有几分生活没来得及完全磨蚀掉的书生气。红灯在倒计读秒，28，27，26……短暂的漫长，拥挤的十字路口传达出焦虑与压迫，他双手紧捏车把——似乎，他想通过这个姿势获取一点力量。

雨水中，他正被城市伤害！

连绵大雨一定下进了他的体内。敏感、尴尬、困窘——这正是一个人被伤害后的表情，站在红灯圈出的城市禁区，他的无助不仅在这一刹，更广泛的彷徨正从他身体辐射开来，它连接着他背后的整个乡村，混杂着沤肥气味的泥泞乡村，日复一日年复一年谷雨惊蛰的乡村——那并不如诗人们描写，只充满灌浆的麦子、月光下的田垄、油菜和蝴蝶……那里更充满镰刀割破的伤口，潦草的坟茔，残疾的父亲患肺病的母亲……那里是他的出生与（永久）居住地，他是路经城市的一粒草芥，绿灯亮起，他就要弥散于人海。他厚厚的镜片使我猜想他枕下或许还塞有几册损害视力的书本，那些曾拨亮他内心灯芯的纸张在夜晚给他以抚慰，他也许正读到这样一句诗："对于生存 / 我们并不缺乏忍耐 / 只感觉到渴……"，那一刻，没有红灯雨水车流和粗暴喇叭，干燥，安全，还有尊严。屋里简陋的旧家具和床上这个默默的人，像筛淘过的沙子落在社会逼仄的下层，而这刻，岑寂的夜晚，一种和谐的，具有蜡烛温度的尊严正发散开来。

我在马路一角注视他，注视这短短一两分钟他穿越城市路口的过程。绿灯亮起，他急切而吃力地弓腰向前骑去，雨披贴牢他瘦的脊背，他身上似乎驮着全部雨水的重量

——有人注定内心的材质是玻璃，即便沙尘再粗粝，他们也不肯把心风化成石头。

他们心底还住着梦，恍惚的，云朵一般的梦（当夜晚降临，他们以梦为马，驰过麦田场院山岗……跨越地域的疆界，一直去往天边），虽然，"梦想使忧郁的眼睛看见的永远是另外一个现实"，他们为此遭遇伤害，动摇对人世的热情，但他们宁愿醒着痛，也不要麻木着睡。

因为职业关系，我收到过许多气味复杂的稿件，产地来自乡村漏雨的瓦房，苯胺甲醛严重超标的南方车间，残疾人皮革作坊，浪迹的路上……信上满怀虔诚地写着人生的哀喜感悟，那些挫败与歧视纠结的日子，疾病与辛劳搏斗的日子，失望与希望交替的日子。他们把有限而宝贵的睡眠时间腾出，用来思索探问形而上的命运（或许永远没有答案）。稿子厚厚一叠，像蓖麻叶子摞在一块。能发表的极少，但这不影响它们在邮路的数量——我遥想他们粗粝的脸孔背后藏着的软和的心，渴望倾诉的心，他们在沉重泥土下，在钢筋齿轮中迸出的呼喊（用嘶哑的嗓子），一旦停下，他们怕自己会像叶子无声碾进土里，尔后凋腐。虽然，多数呼喊也许只会把命运本身震得肺腑俱痛，世间听不到，但呼喊的人自己听见了，

卑微既壮丽，苦涩且欢欣，这就使呼喊者约略感到一丝安慰。日子如泥石流推搡而过，弱小的人努力寻找一块在尘世的立锥之地，包括为灵魂——有多少人听见了泥土底下细小而固执的呼喊?

（摘自《读者》2005年第3期）

我和祖父的园子

萧　红

呼兰河这小城里边住着我的祖父。

我出生的时候，祖父已经六十多岁了，我长到四五岁，祖父就快七十了。

我家有一个大花园，这花园里蜂子、蝴蝶、蜻蜓、蚂蚱，样样都有。蝴蝶有白蝴蝶、黄蝴蝶。这种蝴蝶极小，不太好看。好看的是大红蝴蝶，满身带着金粉。

蜻蜓是金的，蚂蚱是绿的。蜂子则嗡嗡地飞着，满身绒毛，落到一朵花上，胖圆圆的就和一个小毛球似的不动了。

花园里边明晃晃的，红的红，绿的绿，新鲜漂亮。

据说这花园，从前是一个果园。祖母喜欢吃果子，就种了果树。祖母又喜欢养羊，羊就把果树给啃了，于是果树都死了。到我有记忆的时候，园子里就只有一棵樱桃树、一棵李子树，因为樱桃和李子都不大结果子，所以觉得它们是并不存在的。

小的时候，只觉得园子里有一棵大榆树。

这榆树在园子的西北角上，来了风，这榆树先啸；来了雨，这榆树就先冒烟了。太阳一出来，大榆树的叶子就发光了，它们闪烁得和沙滩上的蚌壳一样。

祖父整天都在后园里边，我也跟着祖父在后园里边。祖父戴一个大草帽，我戴一个小草帽；祖父栽花，我就栽花；祖父拔草，我就拔草。当祖父下种，种小白菜的时候，我就跟在后边，把那下了种的土窝，用脚一个一个地溜平，哪里会溜得准，东一脚、西一脚地瞎闹。有的菜种不但没被土盖上，反而被我踢飞了。

小白菜长得非常之快，没有几天就冒了芽，一转眼就可以拔下来吃了。

祖父铲地，我也铲地。因为我太小，拿不动那锄头杆，祖父就把锄头杆拔下来，让我单拿着那个锄头的“头”来铲。其实哪里是铲，也不过趴在地上，用锄头乱勾一阵就是了。也认不得哪个是苗，哪个是草，往往把韭菜当成野草一起割掉，把狗尾草当成谷穗留着。

等祖父发现我铲的那块地留着一片狗尾草，他就问我：“这是什么？”

我说：“谷子。”

祖父大笑起来，笑够了，把草摘下来问我：“你每天吃的就是这个吗？”

我说：“是的。”

我看着祖父还在笑，就说：“你不信，我到屋里拿来你看。”

我跑到屋里拿了鸟笼上的一头谷穗，远远地抛给祖父，说：“这不是一样的吗？”

祖父把我叫过去，讲给我听，说谷子是有芒针的。狗尾草则没有，只是毛嘟嘟的真像狗尾巴。

祖父虽然教我，我也并不细看，不过马马虎虎承认下来就是了。

一抬头看见一个黄瓜长大了，跑过去摘下来，我又去吃黄瓜了。

黄瓜也许没有吃完，又看见一个大蜻蜓从旁飞过，于是丢了黄瓜又去追蜻蜓了。

采一个倭瓜花心，捉一个大绿豆青蚂蚱，把蚂蚱腿用线绑上。绑了一会儿，也许把蚂蚱腿绑掉了，线头上只拴了一只腿，而不见了蚂蚱。

玩腻了，我又跑到祖父那里去乱闹一阵。祖父浇菜，我也抢过来浇，奇怪的是并不往菜上浇，而是拿着水瓢，拼尽了力气，把水往天空里一扬，大喊着："下雨了，下雨了。"

凡在太阳下的，都是健康的、漂亮的，拍一拍连大树都会发响，叫一叫就连站在对面的土墙都会回答似的。

花开了，就像花睡醒了似的。鸟飞了，就像鸟上天了似的。虫子叫了，就像虫子在说话似的。

一切都活了，都有无限的本领，要做什么，就做什么。要怎么样，就怎么样，都是自由的。倭瓜愿意爬上架就爬上架，愿意爬上房就爬上房。黄瓜愿意开一个谎花（植株的雄性花，不结果的花），就开一个谎花；愿意结一个黄瓜，就结一个黄瓜。若都不愿意，就是一个黄瓜也不结，一朵花也不开，也没有人问它。

只是天空蓝悠悠的，又高又远。白云来了的时候，那大团的白云，好像撒了花的白银似的，从祖父的头上经过，好像要压到祖父的草帽。

我玩累了，就在房子底下找个阴凉的地方睡了。不用枕头，不用席子，就把草帽遮在脸上睡了。

（摘自《读者》2016年第18期）

带着爷爷拼高考

李　渝　辛　浪

爷爷是我唯一的亲人

2005年7月，酷暑肆虐下的重庆南川市，已经放暑假的中小学生们纷纷躲在空调房中避暑。但是，道南中学“宏志班”的同学们只休息了几天，又回到学校，开始补课。在暑假过后的新学期，他们就要步入高三，等待他们的是紧张而又残酷的高考。

就在这紧张的时刻，班上的马福元同学从老师那里获悉了一个可怕的消息：他年过80岁的爷爷，因为行动不便，在家里摔倒了，现在正卧床不起，无人照料！

爷爷是马福元唯一的亲人！

18年前的春天，马福元在南川市沿塘乡安平村出生，但他还未来得及叫一声妈妈，母亲就抛下襁褓中的骨肉，狠心弃家出走。从此，憨直的父亲扛起了生活的重担。

就在马福元逐渐长大，对未来充满着幻想的时候，家庭的支柱——他的父亲由于过度操劳，身心疲惫，一病不起，凄凉地离开了年仅12岁的儿子马福元和年逾古稀的父亲。

在昏暗的灯光下，马福元和爷爷哭了整整一夜。沉重的打击，过早地考验着这个稚嫩的少年。

因为爷爷年迈，因为没有生活来源，因为如果要读初中，就得到离村较远的乡办文凤中学当住宿生。所以，父亲去世后，马福元曾经想过辍学在家，种田并照顾爷爷。

不读书，就当一辈子穷光蛋

没想到，那天晚上爷爷得知他的想法后，生气地大骂了他一顿，甚至想拿柴棒打他。爷爷说：“你再不读书，就当一辈子穷光蛋吧！如果你真想为我好，让我过上好日子，就去读书。爷爷用不着你照顾，我的身板还好着呢！如果你能够读好书，考上大学，爷爷就能活上100岁。”

也就在那一夜之间，马福元长大了，成熟了。面对年迈的爷爷，看着破败不堪的家，他明白了只有用自己的知识，才能从苦难中突围而出，才能改变自己贫困的命运，才能让受了一辈子苦、至今仍未享过一天清福的爷爷过上好日子。

初中三年，马福元将大部分精力用在了学习上。他最放心不下的，就是日渐老去的爷爷。每逢周末，他都会用最快的速度赶回家中，帮爷爷准备好一周的饭菜，洗好衣服，打扫好卫生，料理好简单而琐碎的家务活。等一切安排妥当，再三叮嘱爷爷要照顾好自己之后，他又依依不舍地向学校走去。爷爷为了让马福元安心读书，强撑着年迈体弱的身体，自己做饭、做家务，还要打理田地。他将收获的微薄农产，换成马福元的生活费和书本费。

就这样，爷孙俩相依为命，互相支撑，只为实现马福元的求学梦想——用知识去改变贫苦的命运！

在文凤中学读初中时，马福元学习成绩一直保持在年级前十名，毕业后以优异的成绩考上了南川市重点学校——道南中学，可享受学杂费、食宿费全免的“宏志班”。

只要爷爷在世一天，我就要尽一天孝

可是现在，爷爷终于倒下了。我能仅仅为了自己的理想，而把爷爷扔在家里不管吗？马福元又一次产生了辍学的念头。他想留在家陪伴爷爷，照顾他的晚年。

爷爷又一次生气了，甚至以绝食来表示自己的反对。爷爷还提出要进养老院，亲戚们都支持他这个想法。

平心而论，马福元不想放弃自己求学的理想。这是自己为摆脱贫困、抗争命运的一场人生拼搏，他真不甘心就这样半途而废。但他也不想扔下爷爷，更不想把他送进养老院里。马福元想，爷爷不仅是我现在唯的亲人，而且他年老之躯，在我最需要帮助和支持的时候，给了我莫大的恩惠。现在是我该回报的时候了，何况爷爷剩下的时间不多了，只要他在世一天，我就要尽一天的孝！所以，无论多么艰辛，我都不能扔下爷爷不管。

为了学习和照顾爷爷两不误，马福元毅然决然将爷爷接到城里，用80元在和平支路租了一间民房，准备一边念书，一边亲自照顾爷爷。

那天，马福元在出租屋把爷爷安顿好了以后，马上跑到大街上，一个店铺一个店铺地问，一个工地一个工地打听："你们这儿缺人干活吗？"

是的，贫困是马福元的致命伤，80元一个月的房租已经很便宜了，可对于他来说，却是一笔巨款。还有，爷爷治病买药也需要用钱呀，总不能老伸手向别人要，所以，马福元希望利用暑假想办法赚点钱，好交上房租和给爷爷买药。

马福元在班上"失踪"了，而且连续7天不见人影！这可是从来没有过的事情，学校的老师同学急坏了。他们到处打听，四方寻找，终于在那间破旧的平房找到了马福元和他的爷爷。

道南中学的校长任国君知道这消息后，被马福元的孝心深深打动了，他立刻带着老师前来看望这爷孙俩，不仅个人当场捐出了200元，还决定让学校每月为他提供80元的房租。

带着爷爷拼高考的日程表

时逢高三，本应是全力冲刺的时候，但是马福元没有同龄人幸运，他别无选择，义无反顾地走上了带着爷爷上学的艰难之路。

马福元每一天都安排得满满的，紧张而有序：

早晨6点起床，为爷爷做早饭。

7点钟赶到学校上早自习。

中午放学途中到菜市场买菜回家（一般就是白菜，半个月买一次肥肉），在这间低矮、潮湿的出租屋里，马福元忙着淘米、煮饭，俨然一个年轻的“家长”。一碗炒白菜，一碗辣椒加上米饭是爷孙俩常吃的午餐。

吃完午饭，马福元还得赶紧跑回学校赶下午两点的课；下午放学，也要回家照顾爷爷，给爷爷做饭、煎药。

晚上下了晚自习回家为爷爷做夜宵，之后或洗衣服，或整理家务。最后才是马福元看书做作业的时间。一般马福元要11点半才休息，如果做事耽搁了，就推迟到12点左右睡觉。

睡觉前，马福元还要用自己的体温，为患有严重风湿性关节炎的爷爷暖被子。

尽管每天都像打仗一样，尽管出租屋里阴暗、潮湿，但马福元总是把家整理得井井有条，堂屋里的一张长条凳是马福元的课桌，书本、资料全堆在这张条凳上。

一台20元买回来的收音机是马福元家中唯一的奢侈品。爷爷靠他打发时间，马福元利用它了解外面的世界。别看他没有电视机、电脑，但是他可能比很多同学更了解国内外大事

为了爷爷，他一棵大白菜吃了三天

虽然道南中学免除了马福元的全部学杂费，为他支付了租房的80元，还每月发给他100多元的生活补助。但为了不给学校和同学增加负担，也为了省下每一分钱给爷爷治病买药，他自己平时的生活开支能省就尽量省。除了确保爷爷的必需营养和自己学习资料所需外，他从来不多花一分钱。

一天下午下课，班主任老师在食堂发现马福元拿着一个馒头，问："你晚饭就吃这个？"

马福元平静地回答说："是的。"

当老师再次问到："这样能吃饱吗？还有三节晚自习呢！你多久吃一次肉啊？"

马福元稍微停顿了一下说："老师，我这就行了，哪能吃肉啊？说实话我这种情况，能吃个半饱就够了，我的爷爷也要吃……"

有一次，邻居阿姨给了马福元几个鸡蛋，马福元也留给了爷爷。他担心爷爷知道后不肯吃，就把鸡蛋蒸成蛋花悄悄地埋在爷爷的饭里给爷爷吃，而自己却一棵大白菜吃了三天……

邻居阿姨知道这事后，逢人就感慨地说："这娃儿将来肯定会有大出息。"

不久前，校办公室袁主任送了一件呢子大衣给马福元。一个月后，在那间阴暗的出租屋里，袁主任发现它穿在马福元的爷爷身上。

"难怪从没有看他穿过。"袁主任感叹地说。

马福元羞涩地告诉袁主任，这件大衣是所有捐赠的衣服中最好、最厚、最新的一件。爷爷年老体弱，而且有病在身，他比自己更需要这件大衣。

2005年12月的一天中午，马福元放学回家，捧着一瓶蜂蜜，来到84岁的爷爷床前。

"爷爷，我给您买了蜂蜜，喝了可祛除风湿！"

花钱买蜂蜜吃，这可是爷爷一辈子没享过的奢侈待遇。爷爷有点急了，一再追问马福元钱是从哪里来。

原来，马福元刚获得学校的60元宏志奖学金，他自己舍不得用这些钱，在回家路上特地给爷爷买了这半斤蜂蜜。

听了孙子的解释，爷爷摆了摆颤抖的双手，一滴浊泪从眼角滑下。

怀着感恩的心去帮助别人

邻居们经常会送些菜给我，许多同学也带着慰问品来看望生病的爷爷，我打心眼儿感谢他们。”马福元经常怀着感恩的心，为自己遇到这些好心人而心存感激。

正因为自己受了别人的帮助，所以，虽然马福元很贫穷，生活捉襟见肘，极其困难，但他仍乐意帮助那些需要帮助的人。

每逢一年一度的扶贫捐款日或向其他同学、灾区捐款时，不管老师如何劝阻，他都会尽量表示自己的心意。

2005年10月，学校初二（1）班陈锡阳同学突发急性肾衰竭，学校发出了为陈同学捐款治病的号召。马福元不顾老师劝阻，给陈同学捐款10元。

高三（8）班的龚月红同学吃鱼胆中毒住院，马福元又从本不宽裕的生活费中抽出部分捐给同学。

我要亲眼看到孙子苦尽甘来

马福元辛酸艰难的生活和求学经历，终于感动了上苍。2006年3月，马福元以他的感人事迹，以及他身上体现出的当代中学生积极向上、自强不息的优秀品质，从全国200名候选人中脱颖而出，荣获“中国中学生正泰品学奖”特别奖。

2006年3月30日，马福元在老师的陪同下，赴浙江参加颁奖仪式并领回了5000元奖学金。

马福元高兴极了，领到奖金后的第一件事就是为自己买了一辆自行车。为了照顾爷爷，这些天马福元都要早、中、晚（自习）在出租屋和学校之间来回走三趟。有了这辆自行车，他就可以节省很多的时间，在马上到来的高考冲刺阶段投入更多的时间和精力。

另外，马福元还为爷爷买了一台电视机，帮助他打发时间，增加生活乐趣。

高考在即，已经取得荣誉的马福元一点也不敢松懈。他一如既往地照顾着爷爷的生活，更以全副身心投入到紧张的备考中去。因为，这是他和爷爷共同的梦想——考上大学，用知识去改变贫困的命运。

马福元说："无论多么艰辛，我都会带着爷爷求学，将来我还会带着他走自己的人生路。"

爷爷听了马福元的话，满是皱纹的脸上露出憧憬美好未来的快乐："我要再努力多活几年，亲眼看到孙子苦尽甘来。"

（摘自《读者》2006年第14期）

山桃花与信天游

李修文

第一杯酒，我要敬的是山桃花。那满坡满谷的山桃花，并不是一树一树，而是一簇一簇，从黄土里钻出来的。或从岩石缝里活生生挤出来，铺展开来，偶尔中断，渐成连绵之势，再被风一吹，就好像世间的全部酸楚和穷苦都被它们抹消了。我知道，在更广大的地方，干旱和寡淡、荒瘠和贫寒，仍然在山坡与山谷里深埋。但是，风再吹时，这些都将变成山桃花，一簇一簇现身。山桃花，它们是多么赤裸和坚贞啊：满树满枝，几乎看不见一片叶子，唯有花朵，柔弱而蛮横地占据着枝头，像出嫁的姐姐，像奔命的舅舅——今年去了，明年一定会回来，回来的时候，还会不由分说地给你递过来一份心意。

为了写一部民国年间匪患题材的电影剧本，我受投资人之托，一个人前来此处生活和写作三个月。说实话，在来到陕北角落里这座名叫“石圪梁”的村庄之前，尽管我已经对可能遭遇的情形做了许多设想，但是，当我真正踏足于此，眼前所见还是让我欲说还休：真正是满目荒凉，非得睁大眼睛，才能在山旮旯里发现一些活命的口粮；村庄空寂，学校闲置，年轻人大多远走高飞，为数不多的中年人里，好几个都是在外打工时患了重病才回来等死的人。我住的那一口窑洞，背靠着一座山，满墙透风，窗户几近朽烂，到了夜晚，甚至会有实在挨不住寒冷的狐狸奔下山来，从窗户外腾空跃入，跳到我的身边。

多亏了那满坡满谷的山桃花。这一晚，北风大作，“倒春寒”明白无误地来临，雪粒子纷纷砸入窑洞，我避无可避，渐渐地，就生出一股巨大的悔意。是啊，为什么此时我会身在此地？不写这部电影剧本就一定会饿死吗？稍做思虑之后，我决心就此离开——不是等到天亮，而是现在就收拾好行李离开。几分钟后，我拎着简单的行李出了窑洞，爬上了窗户外面那座山的山脊。我大概知道，在山脊上一直走到天亮，就会看见山下的公路，那里有去往县城的大客车。就在此时，我发现那些司空见惯的山桃花好像被雪粒子砸得清醒了，这才想起我与它们还未及相亲。这是一种机缘，将我拦在了要害之地——雪粒子像携带着微弱的光，照亮了我身旁西坡上一片还未开放的山桃花，看上去，好似它们在天亮之前就会被冻死。我蹲在它们身边看了一会儿，叹息一声，接着往前走。哪里知道，刚刚走出去几步，一场灾难便在我身后发生了：脚底的小路突然变得颤抖和扭曲，我险些站立不住。与此同时，身后传来一阵含混的轰鸣声。我回过头去，一眼看见途经的西坡正在崩塌——那西坡，好似蛰伏多年的龙王在此刻亡命出世，沙块、黄土、断岩和碎石，瀑布一般，泥石流一般，不由分说地流泻、崩塌和狂奔……猛然间又平静下来，就像那龙王正在黑暗里喘息，以待稍后的上天入地。唯有尘土四起，穿过雪粒子，在山巅、山坡和山谷里升腾——虽说来此地的时间并不长，我也不是第一次目睹类似的山体滑坡，但是，这么严重的滑坡，我倒是头一回见到。

也不知道为什么，尘雾里，我却心疼起那些快要被冻死的山桃花：经此一劫，它们恐怕全都气绝身亡了吧？我竟然想去再看它们一眼，便猫着腰，小心翼翼下到山谷里，再走近山体滑坡的地方。果然，那些山桃花全都被席卷而下，连根拔起，像是战祸后被迫分开的一家人，散落在各地，又眺望着彼此。我靠近了其中的一簇，伸手去抚一抚它们，而它们早已对自己的命运见怪不怪：暴风和尘沙，焦渴的黄土和随时可能发生断裂的山岩。

哪里知道根本不是——突然，像是雪粒子瞬时绽放成雪花，像是爆竹的引线正在冒烟，一颗花苞，对，只有一颗，轻轻地抖动了一下，然后，叶柄开始了轻微的战栗，萼片随即分裂。我心里一紧，死死地盯着它看，看着它吞噬了雪粒子，再看着花托在慌乱中定定地稳住了身形。我知道，一桩莫大的事情就要发生了，即使如此，花开得还是比期待的更快：是的，一朵花，一朵完整的花，闪电般开了出来。在尘雾里，它被灰尘扑面；在北风里，它静止不动，小小的，但又是嚣张的。灾难已然过去，分散的河山，失去的尊严，必须全都聚拢和卷土重来！我看看这朵花，再抬头看看昏暗的天光，一时之间，竟然震惊莫名，激奋和仓皇，全都不请自来。而事情并未到此为止：就在我埋首在那一朵花的面前时，更多的花，一朵一朵，一簇一簇，像是领受了召唤，更像是最后一次确认自己的命运，呼啦啦全都开了。现在，它们不再是眺望彼此了，而是用花朵重新将彼此连接在一起。哪怕离我最近的这一簇，虽孤悬在外，也开出了五六朵，而叶柄与花托又在轻轻地抖动，更多的花，转瞬之后便要在这“倒春寒”

的世上现身了。

可是，就在此时，山巅上再次传来巨大的轰鸣声，四下又生出颤抖与扭曲之感。而我没有抬头，我知道，那不过是山体滑坡又要来了，那蛰伏了好半天的龙王，也终于迎来自己上天入地的时刻。只是，此时此刻我满眼只有还没开出来的那几朵花。紧接着，轰鸣声越来越近，越来越近，尘雾愈加浓烈，小石子甚至已经飞溅到我身上，所谓兵荒马乱，所谓十万火急，不过如此。但我还是置若罔闻，屏住呼吸等待着发落——是的，最后那几朵还未开出来的花，我要等它们来发落我。

它们终归没有辜负我：就在即将被彻底掩埋时，它们开了。看见它们开了，我便迅疾跑开，远远站在一边，看着它们盛放一阵子，随即，被轰隆隆滚下的黄土和碎石吞没。所以，“天人永隔”之后，它们并未见证我对自己的发落。

最终，我没有离开那座名叫“石圪梁”的村庄，而是在越来越密集的雪粒子里返回自己的窑洞。是啊，我当然无法对人说明自己究竟遭遇了什么，可是，我清清楚楚地知道，我目睹过一场盛大的抗辩。在这场抗辩里，哪怕最后仍然被掩埋，所有的被告，全都用尽气力变成了原告：也许，我也该像那最后时刻开出的花，死到临头仍要给自己生生造出一丝半点的呈堂证供？也许，在那座名叫“石圪梁”的村庄里，酒坊和羊圈，枣树底下和梨树梢上，更多的抗辩和证词还在等着我去目睹、见证和合二为一？

这么想着，天也快亮了，远远地，我又看见了我的窑洞。正在这时候，一阵“信天游”在天际响起，义士一般，持刀刺破了最后的夜幕。雪粒子好像也被吓住了，戛然而止，任由那歌声继续撕心裂肺地在山间与所有的房前屋后游走。那甚至不是歌声，而是每个人都必须拜服的命运——

只要它来了，你就走不掉。我的鼻子一酸，干脆发足狂奔，跑向了我的命运。

所以，第二杯酒，我要敬瞎子老六，还有他的“信天游”。据说，只有在冬天，满世界都天寒地冻时，在外卖唱的瞎子老六才被迫回村子里住上一季。其他时间，他都是一个人深一脚浅一脚地在黄河两岸卖唱挣活命钱。按理说，当此春天时节，他早就该出门了，只是今年的春天实在冷得凶，他才在村子里打转。实际上，自打我在这村子里住下，耳边就无一日不响起瞎子老六唱的“信天游”，只是因为心猿意马，我听到了也当没听见。可是，这一日的清晨，当我打定主意重新回到村子里安营扎寨时，再一次听到瞎子老六的“信天游”，那歌声，竟然变作勾魂的魔杖，牵引着我在村子里四处寻找他的所在。离他越近，我就越迷狂，他唱一声，我的心便狂跳一阵。

瞎子老六唱道：“太阳出来一点点红呀，出门的人儿谁心疼。月牙儿出来一点点明呀，出门的人儿谁照应。羊肚子手巾三道道蓝，出门的人儿回家哟难。一难没有买冰糖的钱，二难没有好衣哟衫……”这时候，我已经看见了他，他身背一只包袱，手持一根探路的竹竿，正轻车熟路地往村外的晒场上走。我跟上他，听他清了清嗓子，接着唱下一首：“一道道水来一道道川，赶上骡子儿哟我走三边。一条条的那个路上哟人马马那个多，都赶上的那个三边哟去把那宝贝驮。三边那个三宝名气大，二毛毛羊皮甜干干草，还有那个大青盐……”渐渐地，我离他越来越近，看着他费力地从小路上爬向比他高出半个头的晒场。因为天上还飘着雪粒子，平日里还算好走的那条小路变得泥泞难行，好几回，他都差点摔倒在地。既然如此，我也就没再跟在他身后，而是跑上前搀住了他，再向他介绍我姓甚名谁。他到底是走江湖的人，满面笑着说，他早已听说有个外乡人住进村里，又连声说我来这里受苦了……如此短短的工夫，待我搀着他走到一盘巨大的石磨旁边时，我们已经不再陌生了。

到了晒场边上，漫天的雪粒子终于变作雪花，四下里飞舞着开始堆积。我原本以为瞎子老六来晒场是为了拾掇什么东西，哪里知道，晒场上空空如也。在晒场边上一棵枯死的枣树下站了一会儿，他问我喜不喜欢听“信天游”，我当然点头称是，他便让我好好听，他却从枣树底下走到石磨盘边上，咬了咬牙，喉结涌动一阵，再仰面朝天，脸上都是雪花。这时，他满身的气力才像是全都灌注到嗓子里，于是，他扯着嗓子开始唱：“墙头上跑马还嫌低，面对面睡觉还想你。你是哥哥命蛋蛋，搂在怀里打颤颤。满天星星没月亮，叫一声哥哥穿衣裳。满天星星没月亮，小心跳在了狗身上……”

那歌声，我该怎么来描述呢？枣树底下，我想了半天，终究想不出一个合适的词，只觉得全身像被灌满了酒浆，手脚热烘烘的，眼窝和心神也热烘烘的。最后，当我下意识地环顾眼前的山峦、村庄和雪花时，命运——唯有这个词化作一块巨石朝我撞击过来——对，命运。所谓善有善报，那些贫瘠的山峦、村庄和漫天的雪花，命运终将为你们送来“信天游”，你们也终将在“信天游”里变得越来越清净美好。就像此刻的我，歌声一起，便再一次确信：重新回到“石圪梁”安营扎寨，正是我的命运。瞎子老六不再停留在原处，而像一头拉磨的骡子，绕着石磨盘打转，一边打转一边唱：“半夜来了鸡叫走，哥哥你好比偷吃的狗。一把撴住哥哥的手，说不下日子你难走。青杨柳树活剥皮，咱们二人活分离。叫一声哥哥你走呀，撂下了妹妹谁搂呀……”

这一早晨，满打满算，瞎子老六唱了十多首“信天游”。奇怪的是，自始至终，他都是在绕着石磨盘打转，丝毫没有挪足到别的地方。在他结束歌唱的时候，我多少有些好奇，一边搀着他往村子里走，一边问他，为何不肯离开那石磨盘半步。瞎子老六竟然一阵神伤，终了，对我说，这些“信天游”，他其实是唱给一个死去的故人的。想当初，他还没有满世界卖唱的时候，唯一的活路，就是终日里和故人一起，在这晒场上给人拉磨。他那故人，寻常的“信天游”都不爱听，就只爱听些男女酸曲。每当自己唱起男女酸曲，那故人便像是喝多了酒一般，全身是力气。那时候，自己可就轻省了，只管唱歌，不管拉磨。所以，尽管过去这么多年，但只要他回来，每天早晨，他都不忘来这晒场上给故人唱上一阵子酸曲，不如此，他便觉得自己对不起那故人。

瞎子老六说完了，径直朝前走出几步。我也不再说话，沉默着跟上去，再次搀住了他。不过，待我们快到村口的时候，在两条小路分岔的地方，瞎子老六却突然止住了步子，我本以为他只是稍微地犯一下迷糊，赶紧告诉他，朝北走才能进村，要是往南走，就离村子越来越远了。他不说话，安安静静站在雪里听我说完，然后解下身上背着的那个简单的包袱，冲我示意了一下，再笑着对我说，虽说一见如故，但恐怕再难有相见之期，只因为，打今日起，他便要去黄河两岸卖唱了，所以，现在，他就不进村了。

事情竟然如此，但是，这样也好。我原本以为，我在这石圪梁村就算交下个能过心的人，不承想，相亲与相别，竟然全都发生在眼前的雪都来不及下得更大一点的工夫里。世间之事往往如此，我会在倏忽间选择留下，瞎子老六自然也会在倏忽间选择离开，一如在石圪梁村外更广大的尘世里，此处下雪，彼处起风，有人啼哭着降生，有人不发一言地辞世，正所谓，“衰兰送客咸阳道，天若有情天亦老”。是啊，这扑面而来的相亲与相别，弄不好，也是为了证明这样一桩事情：我活该在这里，他活该在那里。这么想着，我便松开了手，不再搀他，而是看着他一路朝南，走得倒是稳稳当当。他还没走几步，我终究还是未能忍住好奇心，追了上去，再问他，他的那个故人，到底是个什么样的人，如果他信得过我，他走后，只要我还在村里，隔三岔五，我也许能够买上些纸钱、香烛，去他的坟头稍做祭奠，这样可好？

听完我的话，瞎子老六稍稍有些诧异，下意识地仰面，喉结涌动了一阵，然后，笑着摇头，看起来是下定了决心，他告诉我，他的那个故人，其实不是一个人，而是一头骡子。什么？骡子？！我不禁瞠目结舌。他便再对我说了一遍："是啊，就是骡子。"停了停，他还是笑着说："一头骡子，哪里有什么坟呢？可是，在这世上啊，除了它，我实在是没有别的故人了。饥寒的时候，它在；得病的时候、拉磨的时候，它也在。要是连它都不能算我的故人，还有谁是呢？"瞎子老六说完，在我还恍惚的时候，他已经轻悄地继续往南走了。清醒过来后，我也没有再去追他——看看他，再看看远处的村庄，一股巨大的迫切之感破空而来，召唤着我，驱使着我，让我不再拖泥带水，坚定地朝北而去，一路跑进了村庄。是的，迫切，我要迫切地看清楚，那些寻常的庄户里，还深埋着什么样的造化；在那些穷得揭不开的锅里，在那些举目皆是的石头缝里，还有什么样的情义此刻正在涌出和长成。而那早已没了踪影的瞎子老六，远远地又开口唱了起来："把住情人亲了个嘴，肚里的疙瘩化成水。要吃砂糖化成水，要吃冰糖嘴对嘴。砂糖不如冰糖甜，冰糖不如胳膊弯里绵。砂糖冰糖都吃遍，没有三妹子唾沫儿甜……"

（摘自《读者》2020年第8期）

酒

贾平凹

我在城里工作后，父亲便没有来过，他从学校退休在家，一直照管着我的小女儿。从来我的作品没有给他寄过，姨前年来，问我是不是写过一个中篇，说父亲听别人说过，曾去县上几个书店、邮局跑了半天去买，但没有买到。我听了很伤感，以后写了东西，就寄他一份，他每每又寄还给我，上边用笔批了密密麻麻的字。给我的信上说，他很想来一趟，因为小女儿已经满地跑了，害怕离我们太久，将来会生疏的。但是，一年过去了，他却未来，只是每隔一月寄一张小女儿的照片。叮咛好好写作，说："你正是干事的时候，就努力干吧，农民扬场趁风也要多扬几锨呢！但听说你喝酒厉害，这毛病要不得，我知道这全是我没给你树个好样子，我现在也不喝酒了。"接到信，我十分羞愧，便发誓再也不去喝酒，回信让他和小女儿一定来城里住，好好孝顺他老人家一些日子。

但是，没过多久，我惹出一些事来，我的作品在报刊上引起了争论。争论本是正常的事，复杂的社会上却有了不正常的看法，随即发展到作品之外的一些闹哄哄的什么风声雨声都有。我很苦恼，也更胆怯，像乡下人担了鸡蛋进城，人窝里前防后挡，唯恐被撞翻了担子。茫然中，便觉得不该让父亲来，但是，还未等我再回信，在一个雨天他却抱着孩子搭车来了。

老人显得很瘦，那双曾患过白内障的眼睛，越发比先前呆滞。一见面，我有点慌恐，他看了看我，就放下小女儿，指着我让叫爸爸。小女儿斜头看我，怯怯地刚走到我面前，突然转身又扑到父亲的怀里，父亲就笑了，说："你瞧瞧，她真生疏了，我能不来吗？"

父亲住下了，我们睡在西边房子，他睡在东边房子。小女儿慢慢和我们亲热起来，但夜里却还是要父亲搂着去睡。我叮咛爱人什么也不要告诉父亲，一下班回来，就笑着和他说话，他也很高兴，总是说着小女儿的可爱，逗着小女儿做好多本事给我们看。一到晚上，家里来人很多，都来谈社会上的风言风语，谈报刊上连续发表批评我的文章，我就关了西边门，让他们小声点，父亲一进来，我们就住了口。可我心里毕竟是乱的，虽然总笑着脸和父亲说话，小女儿有些吵闹了，就忍不住斥责，又常常动手去打屁股。这时候，父亲就过来抱了孩子，说孩子太嫩，怎么能打，越打越会生分，哄着到东边房子去了。我独自坐一会儿，觉得自己不对，又不想给父亲解释，便过去看他们。一推门，父亲在那里悄悄流泪，赶忙装着眼花了，揉了揉，和我说话，我心里愈发难受了。

从此，我下班回来，父亲就让我和小女儿多玩一玩，说再过一些日子，他和孩子就该回去了。但是，夜里来的人很多，人一来，他就又抱了孩子到东边房子去了。这个星期天，一早起来，父亲就写了一个条子贴在门上："今日人不在家。"要一家人到郊外的田野里去逛逛。到了田野，他拉着小女儿跑，让叫我们爸爸，妈妈。后来，他说去给孩子买些糖果，就到远远的商店去了。好长时间，他才回来，腰里鼓囊囊的，先掏出一包糖来，给了小女儿一把，剩下的交给我爱人，让她们到一边去玩。又让我坐下，在怀里掏着，是一瓶酒，还有一包酱羊肉。

我很纳闷：父亲早已不喝酒了，又反对我喝酒，现在却怎么买了酒来？他使劲用牙启开了瓶盖，说："平儿，我们喝些酒吧，我有话要给你说呢。你一直在瞒着我，但我什么都知道了。我原本是不这么快来的，可我听人说你犯了错误了，不知道到底是什么情况，怕你没有经过事，才来看看你。报纸上的文章，我前天在街上的报栏里看到了，我觉得那没有多大的事。你太顺利了，不来几次挫折，你不会有大出息呢！当然，没事咱不寻事，出了事但不要怕事，别人怎么说，你心里要有个主见。人生是三节四节过的，哪能一直走平路？搞你们这行事，你才踏上步，你要安心当一生的事儿干了，就不要被一时的得所迷惑，也不要被一时的失所迷惘。这就是我给你说的，今日喝喝酒，把那些烦闷都解了去吧。来，你喝喝，我也要喝的。"

他先喝了一口，立即脸色通红，皮肉抽搐着，终于咽下了，嘴便张开往外哈着气。那不能喝酒却硬要喝的表情，使我手颤着接不住他递过来的酒瓶，眼泪唰唰地流下来了。

喝了半瓶酒，然后一家人在田野里尽情地玩着，一直到天黑才回去。父亲又住了几天，他带着小女儿便回乡下去了。但那半瓶酒，我再没有喝，放在书桌上，常常看着它，从此再没有了什么烦闷，也没有从此沉沦下去。

（摘自《读者》2006年第7期）

光之香

林清玄

我遇见一位年轻的农夫，在南方一个充满阳光的小镇。

那时是春末，一季稻谷刚刚收成，春日阳光的金线如雨倾盆地泼在温暖的土地上，牵牛花在篱笆上缠绵盛开，苦苓树上鸟雀追逐，竹林里的笋子正纷纷胀破土地。细心地想着植物突破土地，在阳光下成长的声音，真是人世间里非常幸福的感觉。

农夫和我坐在稻谷旁边，稻子已经铺平摊开在场上。由于阳光的照射，稻谷闪耀着金色的光泽，农夫的皮肤也染上了一种强悍的铜色。我在农夫家做客。刚刚是我们一起把稻子倒出来，用犁耙推平的，也不是推平，是推成小小山脉一般，一条棱线接着一条棱线，这样可以让山脉两边的稻谷同时接受阳光的照射。似乎几千年来就是这样晒谷子，因为等到阳光晒过，八爪耙把棱线推进原来的谷底，则稻谷翻身，原来埋在里面的谷子全翻到向阳的一面来——这样晒谷比平面有效而均衡，简直是一种阴阳的哲学。

农夫用斗笠扇着脸上的汗珠，转过脸来对我说："你深呼吸看看。"

我深深地吸了一口气，缓缓吐出。

他说："你吸到什么没有？""我吸到的是稻子的气味，有一点香。"我说。

他开颜地笑了，说："这不是稻子的气味，是阳光的香味。"

阳光的香味？我不解地望着他。

那年轻的农夫领着我走到稻田中间，伸手抓起一把向阳一面的谷子，叫我用力地嗅，稻子成熟的香气整个扑进我的胸腔；然后，他抓起一把向阴的埋在内部的谷子让我嗅，却是没有香味了。这个实验让我深深地吃惊，感觉到阳光的神奇，究竟为什么只有晒到阳光的谷子才有香味呢？年轻的农夫说他也不知道，是偶然在翻稻谷晒太阳时发现的。那时他还是个大学生，暑假偶尔帮忙农作，想象着都市里多彩多姿的生活，自从晒谷时发现了阳光的香味，竟使他下决心留在家乡。我们坐在稻谷边，漫无边际地谈起阳光的香味，然后我几乎闻到了幼时刚晒干的衣服上的味道，新晒的棉被、新晒的书画的味道，光的香气就那样淡淡地从童年中流泻出来。自从有了烘干机，那种衣香就消失在记忆里，从未想过竟是阳光的关系。

农夫自有他的哲学，他说："你们都市人可不要小看阳光，有阳光的时候，空气的味道都是不同的。就说花香好了，你有没有分辨过阳光下的花与屋里的花，香气不同呢？"

我说："那夜来香、昙花香又作何解呢？"

他笑得更得意了："那是一种阴香，没有壮怀的。"

我便那样坐在稻田边，一再地深呼吸，希望能细细品味阳光的香气。看我那样正经庄重，农夫说：“其实不必深呼吸也可以闻到，只是你的嗅觉在都市退化了。”

（摘自《读者》2005年第18期）

我家的猫和老鼠

毕飞宇

我有两个姐姐，大姐长我6岁，二姐只比我大一岁半。我们是在无休无止的吵闹和绵延不断的争斗中长大成人的。我们姐弟三个就像鼎立的三国，在交战的同时不停地结盟、宣战，宣战、结盟。真是天下大势，分久必合，合久必分。当然了，我们的“分合”都是以小时作为时间单位的。上午我刚刚和我的二姐同仇敌忾，一起讨伐我的大姐，而午饭过后，一切都好好的，我的二姐却突然和大姐结成了统一战线，一起向她们的弟弟宣战了。

总体说来，她们联合起来对付我的时候要多一些，因为父母多少有些偏心，对我格外好一些。这个我是知道的，在事态扩大、弄到父母那里“评理”的时候，父母虽说各打五十大板，但板子里头就有了轻与重的分别。比方说，在严厉地批评了我们之后，我的母亲总要教导我的两个姐姐：“他比你们小哎，让着一点哎。”对我就不一样了，母亲说：“下次不许这样了。”口气虽然凶，但说的是“下次”，“这一次”呢，当然就算了，事情到此结束。这在我是非常合算的买卖，因为“下次”是无穷无尽的。假如我的两个姐姐联起手来和我作对，在多数情况下，她们差不多就是那个叫“汤姆”的猫，而我则是老鼠“杰瑞”。我们家几乎每天都有美国卡通《猫和老鼠》式的故事，小姐俩气势汹汹的，占尽了优势，恨不得一脚就把她们的弟弟踢到太平洋里去，然而，到后来吃尽苦头的始终是她们。

我们为什么吵呢？为什么斗呢？不为什么。倘若一定要找一个符合逻辑的理由，那只能是为吵而吵、为斗而斗。举一个例子吧，比方说，现在正在吃饭，我和我的二姐坐在一条凳子上，不声不响地扒饭，这样的饭吃起来就有点无趣，为了打破这种沉闷的局面，在二姐伸筷子去夹咸菜的时候，我会用我的筷子把她的筷子夹住，二姐不动声色，突然抽出筷子又夹我的。噼噼啪啪的战争就这样开始了。母亲突然干咳一声，一切又安静了。所争夺的咸菜到底被谁夹走，并不重要，重要的是母亲的那一声干咳究竟落在哪一个节拍上，这全靠你的运气，有点像击鼓传花。如果咸菜归我，即使我并不想吃，我也会像叼着了天鹅肉，嚼得吧唧吧唧的，二姐的脸上就会有一脸的失败。反过来，二姐要是赢了，她会把咸菜含在嘴里，悄无声息地望着屋梁，那是胜利的眼神，赢了的眼神，内中的自鸣得意是不必说的。

我们姐弟三个现在都已人到中年。我长年在外，节日里偶尔团聚，我们谈得最多的恰恰是少年时期的“战争往事”，谈起来就笑声不断。这一点是我们始料不及的。有一次我把话题转了，说起了姐姐们对我的好处来：我6岁的那一年得了肾炎，不能走动，每天都由我的父亲背到五六里外的彭家庄去，注射青霉素和庆大霉素。有一次是我的大姐背我去的，那时候她其实也只是一个12岁的孩子，又瘦又小。她在那个晴朗的冬日背着我，步行了10多里地。快到家的时候大姐终于支持不住了，腿一软，姐弟两个顺着大堤的陡坡一直滚到了河边。我并没有摔着，反而开心极了，大姐满头满脸都是汗，她惊慌地拉起我，第一句话就是："不能告诉爸妈。"这件事都过去30年了，可它时不时会窜到我的脑子里来。出乎我意料的是，随着年纪的增长，我回忆起来一次就感动一次。12岁的大姐，冬天里一头的汗，惊恐的眼神——我不知道我为什么在人到中年之后反而为这件事伤恸不已。那一回过年我说起了这件事，我并没有说完，大姐的眼眶突然红了，说："多少年了，怎么说起这个，你怎么还记得这个呢。"大姐显然也记得的，不然她不会那样。她把话题重又拉回到吵闹的事情上去了。

这样的吵闹本身就设置了一个温暖的前提：我们能够，我们可以。我们幼小的内心世界也许就是在一次又一次的"打斗"中拓宽开来、丰富起来的。时过境迁之后，我们意外地发现，兄弟姐妹之间的许多东西也许并不能构成我们的日常生活，它反而是隐匿的，疏于表达的。然而，它却格外地切肤，有一种打断骨头连着筋的牵扯。

我的儿子最喜欢我的侄女，他们在一起玩的时候几乎就是猫和老鼠，不是追逐，就是打闹。可是，他们毕竟天各一方。在他的姐姐和他说再见的时候，他漆黑的瞳孔是多么孤独，多么忧伤。我多么希望能做我儿子的好兄弟，和他争抢一块饼干、一个角落或一支蜡笔。但我的儿子显得相当勉强，因为他的爸爸后背上都起鸡皮疙瘩了，就是学不像一个孩子。

（摘自《读者》2016年第11期）

第一次投稿

陈忠实

背着一周的粗粮馍馍，我从乡下跑到几十里远的城里去念书。一日三餐，都是开水泡馍，不见油星儿，顶奢侈的时候是买一点儿杂拌咸菜；穿衣自然更无从讲究了，从夏到冬，单棉衣裤以及鞋袜，全部出自母亲的双手，唯有冬来防寒的一顶单帽，是出自现代化纺织机械的棉布制品。在乡村读小学的时候，似乎于此并没有什么不大良好的感觉；现在面对穿着艳丽、别致的城市学生，我无法不“顾影自卑”。说实话，由此引起的心理压抑，甚至比难以下咽的粗粮以及单薄的棉衣抵御不住的寒冷更使我难以忍受。

在这种处处使人感到困窘的生活里，我却喜欢文学了；而喜欢文学，在一般同学的眼里，往往被看作是极浪漫的人的极富浪漫色彩的事。

新来了一位语文老师，姓车，刚刚从师范学院毕业。第一次作文课，他让学生们自拟题目，想写什么就写什么。这是我以前从未遇过的新鲜事。我喜欢文学，却讨厌作文。诸如《我的家庭》《寒假（或暑假）里有意义的一件事》这些题目，从小学写到中学，我是越写越烦了，越写越找不出“有意义的一天”了。新来的车老师让我们想写什么就写什么，我有兴趣了，来劲儿了，就把过去写在小本上的两首诗翻出来，修改一番，抄到作文本上。我第一次感到了对作文的兴趣，写作文不再是活受罪。

我萌生了企盼，企盼尽快发回作文本来，我自以为那两首诗是杰出的，会让老师震一下的。我的作文从来没有得到过老师的表扬，更没有被当作范文在全班宣读。我企盼有这样的一次机会，而且我感觉机会正朝我走来。

车老师抱着厚厚一摞作文本走上讲台，我的心无端慌乱地跳起来。然而四十五分钟过去，要宣读的范文宣读了，甚至连某个同学作文里一两个生动的句子也被摘引出来表扬了，那些令人发笑的错句、病句以及因为一个错别字而致使语句含义全变的笑料也被点出来，终究没有提及我的那两首诗，我的心里寂寒起来。离下课只剩下几分钟时，作文本发到我的手中。我迫不及待地翻看了车老师用红墨水写下的评语，倒有不少好话，而末尾却加上一句：“以后要自己独立写作。”

我愈想愈觉得不是味儿，愈觉不是味儿愈不能忍受。况且，车老师给我的作文没有打分！我觉得受了屈辱。我拒绝了同桌以及其他同学伸手要交换看作文的要求。好容易挨到下课，我拿着作文本赶到车老师的房子门口，喊了一声：“报告——”

获准进屋后，我看见车老师正在木架上的脸盆里洗手。他偏过头问：“什么事？”

我扬起作文本，说：“我想问问，你给我的评语是什么意思？”

车老师扔下毛巾，坐在椅子上，点燃一支烟，说："那意思很明白。"

我把作文本摊开在桌子上，指着评语末尾的那句话："这'要自己独立写作'我不明白，请你解释一下。"

"那意思很明白，就是要自己独立写作。"

"那……这诗不是我写的？是抄别人的？"

"我没有这样说。"

"可你的评语这样子写了！"

他瞅着我，冷峻的眼神里有自以为是的得意，也有对我的轻蔑和嘲弄，更混合着被冒犯了的愠怒。他喷出一口烟，终于下定决心说："也可以这么看。"

我急了："凭什么说我抄别人的？"

他冷静地说："不需要凭证。"

我气得说不出话……

他悠悠地抽烟，说："我不要凭证就可以这样说。你不可能写出这样的诗歌……"

我突然想到我的粗布衣裤的丑笨，想到我和那些上不起伙的乡村学生围蹲在开水龙头旁边时的窝囊……凭这些就瞧不起我吗？凭这些就判断我不能写出两首诗来吗？我失控了，一把从作文本上撕下那两首诗，再撕下他用红色墨水写下的评语。在要朝他摔出去的一刹那，我看见一双震怒得可怕的眼睛。我的心猛烈一颤，就把那些纸用双手一揉，塞到衣袋里去了，然后一转身，不辞而别。

我躺在集体宿舍的床板上，属于我的这一块床板是光的，没有褥子也没有床单，仅有的是头下枕着的一卷被子，晚上，我是铺一半再盖一半的。我已经做好了接受开除的思想准备。这样受罪的念书生活再加上屈辱，我已不再留恋。

晚自习开始了，我摊开了书本和作业本，却做不出一道习题来，捏着笔，盯着桌面，我不知做这些习题还有什么用。由于这件事，期末我的操行等级降到了“乙”。

打这以后，车老师的语文课上，我对于他的提问从不举手，他也不点名要我回答问题，在校园里或校外碰见时，我就远远地避开。

又一次作文课，又一次自选作文。我写下一篇小说——《桃园风波》，竟有三四千字，这是我平生写下的第一篇小说，取材于我们村子里果园入社时发生的一些事。随之又是作文评讲，车老师仍然没有提到我的作文，于好于劣都不曾提及，我心里的火死灰复燃。作文本发下来，我翻到末尾的评语栏，见连篇的好话竟然写满两页作文纸，最后的得分栏里，有一个神采飞扬的“5”，在“5”的右上方，又加了一个“+”号——这就是说，比满分还要满了！

既然有如此好的评语和如此的高分，为什么评讲时不提我一句呢？他大约意识到小视“乡下人”的难堪了，我这么猜想，心里也就膨胀了，充满了愉悦和报复后的快感——这下该可以证明前头那场是说不清的冤案了吧？

僵局继续着。

入冬后的第一场大雪是夜间降落的，校园里一片白。早操临时被取消，改为扫雪，我们班清扫西边的篮球场，雪底下竟是干燥的沙土。我正扫着，有人拍我的肩膀，我一扬头——是车老师，他笑着。在我看来，他笑得很不自然。他说：“跟我到语文教研室去一下。”我心里疑虑重重：又有什么麻烦了？

走出篮球场，车老师就把一只胳膊搭到我肩上了，我的心猛地一震，慌得手足无措了。那只胳膊从我的右肩绕过脖颈，搂住我的左肩。这样一个超级亲昵友好的举动，顿时冰释了我心头的疑虑，却更使我局促不安。

走进教研室，见里面坐着两位老师，一男一女。车老师说：“‘二两壶’‘钱串子’来了。”两位老师看看我，哈哈笑了。我不知所以，脸上发烧。“二两壶”和“钱串子”是最近一次作文里我的又一篇小说中两个人物的绰号。我当时顶崇拜赵树理，他小说的人物都有外号，极有趣，我总是记不住人物的名字而能记住外号，于是我也给我故事里的人物用上外号了。

车老师从他的抽屉里取出我的作文本，告诉我，市里要搞中学生作文比赛，每个中学要选送两篇。本校已评选出两篇来，一篇是议论文，初三的一位同学写的，另一篇就是我的作文《堤》了。

啊！真是大喜过望，我不知该说什么了。

“我已经把错别字改正了，有些句子也修改了。”车老师说，“你看看，修改得合适不合适？”说着他又搂住我的肩头，搂得离他更近了，指着被他修改过的字句一一征询我的意见。我连忙点头，说修改得都很合适。其实，我连一句也没听清楚。

他说：“你如果同意我的修改，就把它另外抄写一遍，周六以前交给我。”

我点点头，准备走了。

他又说：“我想把这篇作品投给《延河》。你知道《延河》杂志吗？我看你的字儿不太硬气，学习也忙，就由我来抄写投寄吧。”

我那时还不知道投稿，第一次听说了《延河》。多年以后，当我走进《延河》编辑部的大门并且在《延河》上发表作品的时候，我都会情不自禁地想到车老师曾为我抄写并投寄的第一篇稿。

这天傍晚，住宿的同学有的活跃在操场上，有的逛大街去了，教室里只有三五个死贪学习的女生。我破例坐在书桌前，摊开了作文本和车老师送给我的一沓稿纸，心里怎么也平静不下来。我感到愧疚，想哭，却又说不清是什么情绪。

第二天的语文课，车老师的课前提问一提出，我就举起了左手——为了我可憎的狭隘而举起了忏悔的手，向车老师投诚……他一眼就看见了，欣喜地指定我回答。我站起来后，却说不出话来，喉头像塞了棉花似的。主动举手而又回答不出来，后排的同学哄笑起来，我窘急中涌出眼泪来……

我上到初三时，转学了。暑假办理转学手续时，车老师探家尚未回校。后来，当我再探问车老师的所在时，只听说他早调回甘肃了。当我在报纸上发表处女作的时候，我想到了车老师，觉得应该寄一份报纸给他，去慰藉被我冒犯过的那颗美好的心！当我的第一本小说集出版，我在开列给朋友们赠书的名单时又想到车老师，终不得音讯，这债就依然拖欠着。

经过多少年，不知我的车老师尚在人间否？我却忘不了那淳厚的陇东口音……

（摘自《读者》2016年第14期）

贫穷的和富有的

叶兆言

有的人永远贫穷。我认识一家人，按说家庭中该有的东西，冰箱彩电，最新的DVD机，应有尽有，可还是觉得自己穷，更认定是这社会不好。嫌冰箱太小，彩电已经有了两台，嫌尺寸还没到位。咬咬牙把所有的钱都拿出来，甚至还向别人借一些，刚花完，就发现自己的又落伍，就更仇恨。

我还认识一个人，他的消费观念恰恰相反。钱放在银行里，始终不肯拿出来用。人们常说有什么钱过什么日子，可我认识的这个人，始终过一种低于自己实际生活水平的日子，有100块钱，只舍得花80块钱。20年前，万元户是个不得了的事，但我认识的这个人，当年有钱的时候很贫穷，现在一样贫穷，等于从来就没富有过。

王小波在一篇散文中，说贫穷是一种生活方式。我所说的，只是一种相对的贫穷，就在我们身边，有钱和没钱，从来就不是绝对的。有34寸大彩电的人，他可以觉得自己比那些拥有21寸彩电的人更富有。骑摩托车的人，他可以觉得自己比拥有私家小汽车的人穷得多。因此，贫穷还不仅仅是生活方式，说穿了还是一个心态问题。

再说我的一个朋友，十年前，他的妻子没有工作，房子也不理想。单位里常发一些鲜鱼鲜肉，他就发愁，说又没有冰箱，怎么吃得了，于是很大度地送一部分给别人。我至今还十分欣赏他的生活态度，因为我觉得他始终有一种健康的心态，并没有因为自己买不起冰箱急得跳脚。这是一位从复旦大学毕业的高材生，我没听他说过“那些没文化的人怎么就比自己过得好”这类混账话。他总是显得很平静，有钱就过有钱的日子，没钱就过没钱的日子，他觉得这是天经地义。

我的这位朋友，现在也没有发大财，但是经济状况已经完全改变。他花自己的钱很舍得，充分享受。困难的时候，既没想到跟别人借钱，有钱的时候，也从来不在别人面前摆阔。不妒人有，也不笑人无，他的心态永远富有。

如果贫穷只是一种现状，这没有什么关系，人来到世界上，就是为了改变现状。一个积极想改变现状的人，其精神永远是富有的，精神的富有是我们变得越来越好的重要保证。如果贫穷是一种心态，这种心态不加以克服，还会跌入“我既然不好，大家也别想好”的怪圈。精神的贫穷是很多灾难的根源之一。

（摘自《读者》2007年第11期）

最后的麦穗

刘志坚

在我的案头，有一束金黄的麦穗。这是父亲在最后的日子里种下的，还来不及收获，就走了。当时，我们把它当成父亲未竟的事业，把最壮实的穗子剪下，精心整理，就像有的人整理先人的遗著一样，庄重而严谨。

时至今日，这麦穗依旧金黄，依旧有鲜活的生命。如果种在地里，依旧会长出青翠的春天，长出一幅稻麦千重浪的丰收画卷。

父亲是个农民，一生都在侍弄庄稼。种稻种麦，一年两熟。直到80岁那年，因为耗尽了体力，下不了田，也扶不起犁，才放下牛鞭。秋天了，他将门前的一块空地，拼尽最后的力气，用锄头翻了过来，种上麦子。他说，人活着，春光秋阳都是有限，不可耽搁。冬天，看着自己种的麦子出土、长叶。为了让麦苗度过寒冬，又用浮土掩盖。开春后，麦苗破土，伸茎长叶，抽穗扬花和结实灌浆，父亲的身子却一天天衰弱了。他出不了门，就蹲在门边的麦地里，看着自己种的最后一茬麦子说：“我13岁下地掌犁，春种水稻秋种麦。我这辈子，一共种了65届水稻，麦子算上这一届的话，是68届了。”父亲说这些时，就像说自己当了几届人民代表、当了几届总统一样的自豪。但父亲说得安详，没有一点骄矜于人的意思，那自得的情怀是一样的。

回顾这几十届稻麦，有过丰收，也有过欠收甚至失收。尽管汗水是一样的付出，日子是一样的流走，如果不得天时、地利、人和，也是不与收获结缘啊。

父亲说这些时，像是在做自我鉴定时，总结出的人生经验。

父亲在最后的日子里，像有预感似的，抚着脚边的麦穗说：“看来，我是等不到这一届的麦成熟了，到时由你们收获吧。”

一个人能种多少届稻子，多少届麦子，都有个定数，想多一届也不行。果然在麦子泛黄的时节，父亲就悄悄走了。

在那些悲痛的日子里，看着那片麦地，我就想起了父亲的一生。

父亲是个农民，对于自己的农事，倾注了毕生的心血，直到生命的最后一刻，从未有过片刻的懈怠，那种勤勉一贯的敬业精神，总是在鞭策和激励着我，也让我追忆缅怀，铭记永远。

（摘自《读者》2006年第10期）

那一星游走于乡野的光

刘荒田

48年前，我在一所乡村小学当班主任。学校离家不远，只需在一条俗称“牛车路”的大路上走10多分钟，路两旁是田垌。晚上，改完作业，信步回家，一路有呱呱的蛙声、唧唧的蟋蟀声。初春，风夹带着紫云英的淡香。深秋，稻子收割以后，农民在田里堆起带禾稿的泥来焚烧，来年用作肥料，空气里充满亲切的焦煳味，一如灶头上被急火烧过头的锅巴逸出的香气。

一个夜晚，阴天，星星隐藏在云里，竹林黑压压地嵌在黑灰色的天幕上。建在大路旁的医疗站，平日窗子总映出长方形的黄色光晕，今晚却没有——停电了。没有外物掺杂的黑足够纯粹。

忽然，远处浮动起一星钴蓝色的光，小而灼亮。揣测方位，该在拱桥上，我停下脚步观望。钴蓝色的光竟伴着人声，我又惊又喜，快步迎上。

两个嘻嘻哈哈的男孩子和我相遇了。从嗓音听出，是我的学生——阿松和阿汗。他们把蓝光举起，照着我，一起叫了一声“老师”。我盯着蓝光，问：“这是什么？”

“刚刚逮的。”阿松把一个墨水瓶递给我。我拿过来一看，里面爬着上百只尾巴发光的昆虫，微光晶莹如水晶，近于雪白，集结起来，却是敞亮的蓝。“在哪里逮的？”我的兴致来了。

他们说，在莲塘村后山的林子里，问我要不要去看看。我说好。他们领着我，离开大路，绕过村边的池塘，站在林子旁。这儿，萤火虫飞来飞去，有如从一炉钢水里溅起来的火星儿。我和他们坐在草地上，聊了一会儿闲话。露水滴在额头，我说你们该回家了，他们说好的。阿松把墨水瓶递给我，我让他们自己留着。“路上做手电筒嘛！”阿汗欢快地说。

和两个孩子分手，回到大路，我手里捧着钴蓝色的光，想着这两个孩子。他们是全班最调皮的。我曾在校门外建在鱼塘上的厕所前撞到阿汗，他神情紧张地拦截每一个想进去的同学，高叫：“满座，满座。”我知道必有蹊跷，走近一看，厕所下垂着一根线。我推开门，把牵线的阿松揪出来。两个捣蛋鬼一个在偷鱼，一个在望风。校长对他们提出警告。可是，刚才他们被钴蓝色的光照着的脸上，只有天真。

送我萤火虫的阿松，4年前曾在聚会中见到，快60岁了，已变成一个老成持重的泥瓦匠。我说起当年的事情，他全忘了。我却一直没有忘记黑暗中捧着钴蓝色的光，嘻嘻哈哈地朝我走来的两个孩童，以及我平生第一次捧着萤火虫走路时心里充满的纯净的诗意。

记得走到家门口，我在草地上倒空了墨水瓶，刹那间，头顶布满了繁星。

（摘自《读者》2021年第24期）

毕业歌

肖复兴

20世纪50年代中期，我们大院里陆陆续续搬进好多新住户。好多是从农村来的，都是些出身贫寒的人家。租住的房子，是大院里破旧或废弃的房子改建的，房租仨瓜俩枣，没有多少钱。那时候，我们大院的房东心眼儿不错，可怜这些人，旁人一介绍，就让住进来了。

就在那时候，玉石和他的爸爸妈妈住进我们大院。他们的房子是以前的厕所改建的，我们什么时候到他家去，地上总是潮乎乎的，总觉得有股臭味儿。但是，玉石觉得这里比他们家以前在农村住的好多了，关键是，离学校近，这让他最开心。他对我说过，在村里上学，每天得跑十几里的山路。

搬进来那一年，玉石读小学六年级，来年就要读中学了。这是他家决心从农村搬进北京城的一个主要原因。不然的话，玉石读中学就要到县城去，那就更远了。玉石学习成绩好，他爸爸说，就是砸锅卖铁，也要供玉石读中学，然后上大学。那时候，上大学对于我是一件遥远的事情，但和玉石在一起，天天听他念叨，上大学便也成为我特别向往的一件事情。

玉石的爸爸在村里是泥瓦匠，有手艺，因此到了北京，很快就在建筑工地找到了活儿。房子虽然是厕所改的，但是一家人的日子过得其乐融融。

我们大院里好多街坊，都像房东家一样关心玉石家，不仅因为玉石的父母待人和气，关键是大家心疼玉石。玉石学习确实棒，小学毕业以全校第一的成绩考入汇文中学。家家都拿玉石做榜样，督促自己孩子好好学习。我爸爸就是最有代表性的一个，几乎天天对我说："你瞧瞧人家玉石是怎么学的，你得向玉石一样，也得考上汇文！"

三年后，我也考上了汇文中学，玉石又考上了汇文的高中。那时候，全院开始以我们两人为骄傲。那是1960年的秋天，饥饿蔓延，家家吃不饱肚子。冬天到来的时候，玉石的爸爸从工地的脚手架上摔了下来，当场没了气。事后，从玉石妈妈的哭诉中，人们才知道，玉石的爸爸是把粮食省下来让玉石吃，自己只吃豆腐渣和野菜包的棒子面团子，天天在脚手架上干力气活，肚里发空，头重脚轻，一头栽了下去。

玉石是个懂事的孩子，爸爸走了，妈妈没有工作，他不想再上学了，想去工地接他爸爸的班。工地哪敢要他？他背着书包，不是去学校，而是瞒着他妈妈，天天去别的地方找活儿。一天，我们学校的老师找到他家里来了——是他的班主任丁老师，一个高个子教物理的老师。玉石没在家，还在外面跑呢。丁老师对玉石妈妈说："玉石学习成绩一直很好，是读书的材料，这么下去，就可惜了。您要劝劝他，学校也会尽力帮助他的。咱们双管齐下好吗？"

玉石妈妈没听懂"双管齐下"是什么意思，等玉石回来，只是一把鼻涕一把眼泪地对玉石说："孩子呀，你爸爸为啥拼着命从村里到北京来？又为啥拼着命干活儿？还不就是为了让你好好上学？你这说不上学就不上学了，对得起你爸爸吗？说句不好听的，你爸爸就是为了你死的呀！"

玉石又开始上学了。有一天放学，在学校门口，我碰见了他，他显然在校门口等我半天了。他要我跟着他一起去一个地方，我虽然很敬佩他的学习，毕竟比他低三个年级，平常很少和他在一起，不知道他要我跟他去干什么。

我跟着他一直走到东便门外。那时候，蟠桃宫还在，大运河也还在，顺着河沿儿，我们一直走到二闸。这是我第一次去这个地方，这里是一片凄清的郊外。他带着我走到了一个废弃的工地上，这时候，天擦黑了，暮霭四起，工地上黑乎乎的，显得有些瘆人。他悄悄对我说："你就在这里帮我看着，如果有人来了，你就跑，一边跑，一边招呼我！"他这么一说，我更有些害怕，不知道他要做什么。不一会儿，就看见他从工地上拉出好多钢丝，还有铜丝，见没人，他拽上我就跑，跑到收废品的摊子前，把东西卖掉。

终于有一天，我们被抓到了。虽然是废弃的工地，但因有不少建筑材料，也有人看守。玉石拉上我就跑，那人追上我们，一把揪着我们的衣领子，像拎小鸡似的把我们抓到他看守的一间板房里，打电话通知我们学校。来的老师，骑着自行车，高高的身影，大老远我们就看出来了，是玉石的班主任丁老师。那人余怒未消，对丁老师气势汹汹地叫嚷道："你们学校得好好教育这俩学生，明目张胆地偷东西，太不像话了！"丁老师点着头，把我们领走，他推着那辆破自行车，沿着河沿儿，一路没有说话，只听见自行车嘎嘎乱响，我感到我们的脚步都有些沉重。走过东便门，走到崇文门，在东打磨厂路口，丁老师停了下来，对我们说："快回家吧。”然后，他从衣兜里掏出了几块钱，塞进玉石的手里。玉石不要，他硬塞进玉石的兜里，转身骑上车走了。走进打磨厂，路灯亮了，我看见玉石悄悄地抹眼泪。

玉石和我再也没有去工地。学校破例给了他助学金，一直到他高中毕业。1963年，他考入地质学院后，和他妈妈一起从我们大院搬走，我就再没有见过他。后来听我妈说，玉石来大院找过我一次。那时，他大学毕业，等待分配。可惜，我正和同学外出，没能见到他。后来，我才知道，他来找我，是找我陪他一起回学校看看丁老师。

前不久，我接到一个从西宁打来的电话，对方让我猜他是谁。我猜不出来，他告诉我他是玉石。他说他后来被分配去了青海地质队，一直住在青海。他看过我写的关于柴达木的报告文学，也知道我弟弟在青海油田工作过。他说他妈妈跟着他，一直到去世。他说他退休后在学习作曲，而且出过专辑。他笑着对我说：“你觉得奇怪吧？我是学地质的，怎么改行了呢？”我说：“我是有点儿奇怪，你是跟谁学的作曲？”他说：“我是自学的。但也不能这么说，你知道我读高中的时候，教我们数学的是阎述诗老师。”我问：“你跟他学的？”我知道阎述诗老师曾经为著名的《五月的鲜花》作过曲。他笑着说：“不是，但是，我想阎老师可以既教数学又作曲，我为什么不能既学地质、搞勘探又作曲？”玉石是一个有能力的人，有能力的人，世界在他面前是圆融相通的。

最后，他告诉我，他学作曲，是想为丁老师作一支曲子。那个晚上，丁老师让他难忘，让他感受到世界上难得的理解和温暖。他说，这么多年，只要一想起丁老师，心里就像有音乐在涌动。

我告诉他，丁老师好多年前就已经去世了。他说：“我知道，所以，我想你把我的这番心思写篇文章好吗？我想借助你的文章让人们知道丁老师。过几天，我会把歌寄给你。”

我收到了玉石创作的《毕业歌》。说实在的，曲子一般，但其中一句歌词让我难忘：“毕业了那么多年，你还站在我的面前；那个懵懂的少年，那个流泪的夜晚。”

（摘自《读者》2016年第14期）

我的世界下雪了

迟子建

我之所以喜欢回到故乡，就是因为在这里，我的眼睛、心灵与双足都有理想的漫步之处。从我的居室到达我所描述的风景点，只需三五分钟。我通常选择黄昏的时候去散步。去的时候是由北向南，或走堤坝，或沿着河岸行走。如果在堤坝上行走，就会遇见赶着羊群归家的老汉，那些羊在堤坝的慢坡上边走边啃噬青草，仍是不忍归栏的样子。我还常看见一个放鸭归来的老婆婆，她那一群黑鸭子，是由两只大白鹅领路的。大白鹅高昂着脖子，很骄傲地走在最前面，而那众多的黑鸭子，则低眉顺眼地跟在后面。

比之堤坝，我更喜欢沿着河岸漫步，我喜欢河水中那漫卷的夕照。夕阳最美的落脚点，就是河面了。进了水中的夕阳比夕阳本身还要辉煌。当然，水中还有山峦和河柳的投影。让人觉得水面就是一幅画，点染着画面的，有夕阳、树木、云朵和微风。微风是通过水波来渲染画面的，微风吹皱了河水，那些涌起的水波就顺势将河面的夕阳、云朵和树木的投影给揉碎了，使水面的色彩在瞬间剥离，有了立体感，看上去像是一幅现代派的名画。

我爱看这样的画面，所以如果没有微风相助，水面波澜不兴的话，我会弯腰捡起几颗鹅卵石，投向河面，这时水中的画就会骤然发生改变，我会坐在河滩上，安安静静地看上一刻。当然，我不敢坐久，不是怕河滩阴森的凉气侵蚀我，而是那些蚊子会络绎不绝地飞来，围着我嗡嗡地叫，我可不想拿自己的血当它们的晚餐。

在书房写作累了，只需抬眼一望，山峦就映入眼帘了。都说青山悦目，其实沉积了冬雪的白山也是悦目的。白山看上去有如一只只来自天庭的白象。当然，从窗口还可以尽情地观察飞来飞去的云。云不仅形态变幻快，它的色彩也是多变的。刚才看着还是铅灰的一团浓云，它飘着飘着，就分裂成几片船形的云了，而且色彩也变得莹白了。如果天空是一张白纸的话，云彩就是泼向这里的墨了。这墨有时浓重，有时浅淡，可见云彩在作画的时候是富有探索精神的。

无论冬夏，如果月色撩人，我会关掉卧室的灯，将窗帘拉开，躺在床上赏月。月光透过窗棂漫进屋子，将床照得泛出暖融融的白光，沐浴着月光的我就有在云中漫步的曼妙的感觉。在刚刚过去的中秋节里，我就是躺在床上赏月的。那天浓云密布，白天的时候，先是落了一些冷冷的雨，午后开始，初冬的第一场小雪悄然降临了。看着雪花如蝴蝶一样在空中飞舞，我以为晚上的月亮一定是不得见了。然而到了七时许，月亮忽然在东方的云层中露出几道亮光，似乎在为它午夜的隆重出场做着昭示。八点多，云层薄了，在云中滚来滚去的月亮会在刹那间一露真容。九点多，由西南而飞向东北方向的庞大云层就像百万大军一样越过银河，绝大部分消失了踪影，月亮完满地现身了。

也许是经过了白天雨与雪的洗礼，它明净清澈极了。我躺在床上，看着它，沐浴着它那丝绸一样的光芒，感觉好时光在轻轻敲着我的额头，心里有一种极其温存和幸福的感觉。过了一会儿，又一批云彩出现了，不过那是一片极薄的云，它们似乎是专为月亮准备的彩衣，因为它们簇拥着月亮的时候，月亮用它的芳心，将白云照得泛出彩色的光晕，彩云一团连着一团的出现，此时的月亮看上去就像一个巨大的蜜橙，让人觉得它荡漾出的清辉，是洋溢着浓郁的甜香气的。

午夜时分，云彩全然不见了，走到中天的明月就像掉入了一池湖水中，那天空竟比白日的晴空看上去还要碧蓝。这样一轮经历了风雨和霜雪的中秋月，实在是难得一遇。看过了这样一轮月亮，那个夜晚的梦中就都是光明了。

我还记得2002年正月初二的那一天，我和爱人应邀到城西的弟弟家去吃饭，我们没有乘车从城里走，而是上了堤坝，绕着小城步行而去。那天下着雪，落雪的天气通常是比较温暖的，好像雪花用它柔弱的身体抵挡了寒流。

堤坝上一个行人都没有，只有我们俩，手挽着手，踏着雪无言地走着。山峦在雪中看上去模模糊糊的，而堤坝下的河流，也已隐遁了踪迹，被厚厚的冰雪覆盖了。河岸的柳树和青杨，在飞雪中看上去影影绰绰的，天与地显得是如此的苍茫，又如此的亲切。

走着走着，我忽然落下了眼泪，明明知道过年落泪是不吉祥的，可我不能自持，那种无与伦比的美好滋生了我的伤感情绪。三个月后，爱人别我而去，那年的冬天再回到故乡时，走在白雪茫茫的堤坝上的，就只是我一人了。那时我恍然明白，那天我为何会流泪，因为天与地都在暗示我，那美好的情感将离你而去，你将被这亘古的苍凉永远环绕着！

所幸青山和流水仍在，河柳与青杨仍在，明月也仍在，我的目光和心灵都有可栖息的地方，我的笔也有最动情的触点。所以我仍然喜欢在黄昏时漫步，喜欢看水中的落日，喜欢看风中的落叶，喜欢看雪中的山峦。我不惧怕苍老，因为我愿意青丝变成白发的时候，月光会与我的发丝相融为一体。让月光分不清它是月光呢还是白发；让我分不清生长在我头上的，是白发呢还是月光。

几天前的一个夜晚，我做了一个有关大雪的梦。我独自来到了一个白雪纷飞的地方，到处是房屋，但道路上一个行人也看不见。有的只是空中漫卷的雪花。雪花拍打我的脸，那么的凉爽，那么的滋润，那么的亲切。梦醒之时，窗外正是沉沉暗夜，我回忆起一年之中，不论什么季节，我都要做关于雪花的梦，哪怕窗外是一派鸟语花香。看来环绕着我的，注定是一个清凉而又忧伤、浪漫而又寒冷的世界。

我心有所动，迫切地想在白纸上写下一行字。我伸手去开床头的灯，没有打亮它，想必夜晚时停电了；我便打开手机，借着它微弱的光亮，抓过一支笔，在一张打字纸上把那句最能表达我思想和情感的话写了出来，然后又回到床上，继续我的梦。

那句话是：我的世界下雪了。

是的，我的世界下雪了……

（摘自《读者》2005年第5期）

光与影

北　岛

一

在儿时，北京的夜晚很暗很暗，比如今至少暗一百倍。举个例子，我家邻居郑方龙住两居室，共有三盏日光灯：客厅八瓦，卧室三瓦，厕所和厨房共用三瓦（挂在毗邻的小窗上）。也就是说，当全家过年或豁出去不过日子时，总功率也不过十四瓦，还没如今那时髦穿衣镜上的环形灯泡中的一个亮。

这在三不老胡同1号或许是个极端的例子，可就全北京而言，恐怕远低于这个水平。我的同学往往全家一间屋一盏灯，由家长实行“灯火管制”。一关灯，那功课怎么办？少废话，明儿再说。

灯泡一般都不带灯罩，昏黄柔润，罩有一圈神秘的光晕，抹掉黑暗的众多细节，突出某个高光点。那时的女孩儿不化妆不打扮，反而特别美，肯定与这灯光有关。日光灯的出现是一种灾难，夺目刺眼，铺天盖地，无遮无拦。正如养鸡场夜间照明是为了让母鸡多下蛋一样，日光灯创造的是白天的假象，人不下蛋，就更不得安宁，心烦意乱。可惜的是美人不再，那脸光板铁青，怎么涂脂抹粉也没用。其实受害最深的还是孩子，在日光灯下，他们无处躲藏，失去想象的空间，过早迈向野蛮的广场。

据我们的物理老师说，当人进入黑暗，短短几分钟内视力可增长二十万倍。看来黑暗让人对事物洞若观火。灯火本来是人类进化的标志之一，但这进化一旦过了头，反而让人成了睁眼瞎。想当年，我们就像狼一样目光敏锐，迅速调节聚焦：刷——看到火光，刷——看到羊群，刷——看到无比美好的母狼。

当年北京路灯少，很多胡同根本没有路灯，即使有，也相隔三五十米，只能照亮路灯跟前那点儿地盘。大人常用“拍花子”来吓唬我们。所谓“拍花子”，指的是坏人用迷魂药绑架拐卖孩子。这故事本身就是迷魂药，让多少孩子困惑，谁也说不清细节，比如用什么玩意儿在脑袋上一拍，孩子就自动跟坏人走了？要有这先进武器，台湾不是早就解放了？没准儿是旧社会某个犯罪案例，在口口相传中被添油加醋，顺着历史的胡同一直延伸到我的童年。

路灯少，出门得自备车灯。50年代末骑车还有用纸灯笼的，有侯宝林的相声《夜行记》为证。那时大多数人用的是方形手电式车灯，插在车把当中。再高级些的是摩电灯，即用贴在瓦圈上的小磙子发电。由于车速不均，车灯忽明忽暗。那可是当年北京夜里的一景。

我自幼和弟弟妹妹玩影子游戏，两手交叉，借灯光在墙上变幻成各种动物，或弱小或凶猛，追逐厮杀。

对孩子来说，黑暗的最大好处就是方便捉迷藏。一旦退到灯光区域外，到处可藏身，尤其是犄角旮旯。刚搬进三不老胡同1号，院里还有假山，奇形怪状的太湖石，夜里人说什么像什么。那是捉迷藏的好去处。捉、藏双方都肝儿颤——谁能保证不撞上郑和或那帮丫鬟的幽灵呢？听那带颤音的呼唤就透着心虚："早看见你啦，别装蒜，快出来吧——"待冷不丁背后传来一声尖叫，全都起一身鸡皮疙瘩。

讲故事也得趁黑，特别是鬼故事。老人给孩子讲，孩子们相互讲。在一个不信神的国度，用鬼来吓孩子、吓自己实在有利于道统。上初中时，国家号召讲不怕鬼的故事，让人一时蒙了。首先这世上胆儿大的不多，再说讲"不怕鬼"也多了个阐释的麻烦：先得证明鬼的存在，才能证明鬼并不可怕。

"文化大革命"期间，我们白天闹革命，夜里大讲鬼故事，似乎鬼和革命并不矛盾。我住四中学生宿舍。先关灯，用口技配乐烘托气氛。到关键处，有人顺手推倒护床板或扔出破脸盆。在特技效果的攻势下，那些自称胆儿大的没一个经得住考验。

日光灯自70年代初被广泛应用，让北京一下亮堂了，连鬼都不再显灵了。幸好经常停电。一停电，家家户户点上蜡烛，那是对消逝的童年生活的一种追忆与悼念。

二

醒来，天花板被大雪的反光照亮。暖气掀动窗帘，其后模糊的窗框随光移动，如缓缓行进的列车，把我带向远方。我赖在床上，直到父母催促才起来。

大雪是城市的幻象，像一面供自我审视的镜子。很快这镜子就支离破碎了，转瞬间，到处是泥泞。上学路上，我披着棉猴儿，抄起一把湿漉漉的雪，攥成雪球，往胡同口那棵老槐树扔去。可惜没击中。冲进教室，上课铃声响了。教室窗户又像列车驶离站台，不断加速。室内幽暗，老师的身影转动，粉笔末儿飞扬，那些黑板上的数字出现又消失。

随着下课的铃声响起，春天到了。房檐吸附过多的水分，由白变黑；天空弯下来，被无数枝头染绿；蜜蜂牵动着阳光，嗡嗡作响；女孩儿奔跑中的影子如风筝，谁也抓不到那线头；柳絮纷纷扬扬，让人心烦。

在无风的日子，云影停在操场上空，一动不动。那个肌肉发达的高年级同学，在双杠上机械般荡悠着，影子像节拍器。我在单杠下，运足气准备做引体向上。按规定，要连续做六个才及格。到第二个我已筋疲力尽，连蹬带踹，脑门刚够到铁杆。我似乎在竭尽全力爬上天空，偷看那舒卷自如的白云。

夏天的阳光把街道切成两半。阴影下清凉如水，我跟着人群鱼贯而行。我突然改变主意，走到阳光暴晒的一边，孤单而骄傲，踩着自己的影子，满头大汗，直到浑身湿透。在目的地我买了根冰棍，犒劳自己。

我喜欢在大街上闲逛，无所事事。在成人的世界中有一种被忽略的安全感。只要不仰视，看到的都是胸以下的部分，不必为长得太丑的人难过，也不必为人间喜怒哀乐分心。一旦卷入拥挤的人流，天空翳暗，密不透风，奋力挣扎才冲出重围。人小的好处是视角独特：镀镍门把上自己变形的脸，玻璃橱窗里的重重人影，无数只脚踩踏过的烟头，一张糖纸沿马路牙起落，自行车辐条上的阳光，公共汽车一闪一闪的尾灯……

我喜欢下雨天，光与影的界限被抹去，水乳交融，像业余画家的调色板。乌云压低到避雷针的高度，大树枝头空空的老鸹窝，鲜艳的雨伞萍水相逢，雨滴在玻璃上留下的痕迹，公告栏中字迹模糊的判决书，水洼的反光被我一脚踏碎。

每个孩子天生都有很多幻觉，这幻觉和光与影，和想象的空间，甚至和身体状态都有关系。孩子长大后，多半都会忘了，时间、社会习俗、知识系统强迫他们忘却，似乎那是进入成人世界的条件。

（摘自《读者》2016年第5期）

过　年

丰子恺

我幼时不知道阳历，只知道阴历。到了十二月十五，过年的气氛开始浓重起来了。我们染坊店里三个染匠全是绍兴人，十二月十六要回乡。十五日，店里办一桌酒，替他们送行。这是提早办的年酒。商店旧例，年酒席上的一只全鸡，摆法大有讲究：鸡头向着谁，谁要被免职。所以上菜的时候，要特别当心。但是我家的店规模很小，一共只有六个人，这六个人极少有变动，所以这种顾虑极少。但母亲还是很小心，上菜时关照仆人，必须把鸡头对着空位。

腊月二十三晚上送灶，灶君菩萨每年上天约一星期，二十三夜上去，大年夜回来。据说菩萨是天神派下来监视人家的，每家一个。他们高踞在人家的灶台上，嗅取饭菜的香气。每逢初一、月半，必须点起香烛来拜他。二十三这一天，家家烧赤豆糯米饭，先盛一大碗供在灶君面前，然后全家来吃。吃过之后，黄昏时分，父亲穿了大礼服来灶前膜拜，跟着，我们大家跪拜。拜过之后，将灶君的神像从灶台上请下来，放进一顶灶轿里。这灶轿是白天从市上买来的，用红绿纸张糊成，两旁贴着一副对联，上写“上天奏善事，下界保平安”。我们拿些冬青柏子，插在灶轿两旁，再拿一串纸金元宝挂在轿上，又拿一点糖饼来，粘在灶君菩萨的嘴上。这样一来，他上去见了天神粘嘴粘舌的，说话不清楚，免得把别人的恶事和盘托出。于是父亲恭恭敬敬地捧了灶轿，捧到大门外去烧化。烧化时必须抢出一只纸金元宝，拿进来藏在厨里，预祝明年有真金元宝进门。送灶君上天之后，陈妈妈就烧菜给父亲下酒，说这酒菜味道一定很好，因为没有灶君先吸取其香气。父亲也笑着称赞酒菜好吃。我现在回想，他是假痴假呆，逢场作戏。因为他中了这末代举人，科举就废，不得伸展，蜗居在这穷乡僻壤的蓬门败屋中，无以自慰，唯有利用年中行事，聊资消遣，亦“四时佳兴与人同”之意耳。

二十三送灶之后，家中就忙着打年糕。这糯米年糕又大又韧，自己不会打，必须请一个男工来帮忙。这男工大都是陆阿二，又名五阿二。因为他姓陆，而他的父亲行五。两枕“当家年糕”约有三尺长；此外许多较小的年糕，有二尺长的，有一尺长的；还有红糖年糕，白糖年糕。此外是元宝、百合、橘子等等小摆设，这些都是由母亲和姐姐们去做，我也洗了手去帮忙，但是总做不好，结果是自己吃了。

姐姐们又做许多小年糕，形状仿照大年糕，预备二十七夜过年时拜小年菩萨用的。

二十七夜过年，是个盛典。白天忙着烧祭品：猪头、全鸡、大鱼、大肉，都是装大盘子的。吃过夜饭之后，把两张八仙桌接起来，上面供设“六神牌”，前面围着大红桌围，摆着巨大的铝制的香炉蜡台。桌上供着许多祭品，两旁围着年糕。我们这厅屋是三家公用的，我家居中，右边是五叔家，左边是嘉林哥家，三家同时祭起年菩萨来，屋子里灯火辉煌，香烟缭绕，气象好不繁华！三家比较起来，我家的供桌最为体面。何况我们还有小年菩萨，即在大桌旁边设两张茶几，也是接长的，也供一位小菩萨像，用小香炉蜡台，设小盘祭品，竟像是小人国里的过年。记得那时我所欣赏的，是“六神牌”和祭品盘上的红纸盖。这六神牌画得非常精美，一共六版，每版上画好几个菩萨，佛、观音、玉皇大帝、孔子、文昌帝君、魁星……都包括在内。平时折好了供在堂前，不许打开来看，这时候才展览了。祭品盘上的红纸盖都是我的姑母剪的，“福禄寿喜”“一品当朝”“连升三级”等字，都剪出来，巧妙地嵌在里头。我那时只有七八岁，就喜爱这些东西，这说明我与美术有缘。

绝大多数人家二十七夜过年，所以这晚上商店都开门，直到后半夜送神后才关门。我们约伴出门散步，买花炮。花炮种类繁多，我们所买的，不是两响头的炮仗和噼噼啪啪的鞭炮，而是雪炮、流星、金转银盘、水老鼠、万花筒等好看的花炮。其中，万花筒最好看，然而价贵不易多得。买回去在天井里放，大可增加过年的喜气。我把一串鞭炮拆散，一个一个地放，点着了火，立刻拿一个罐头瓶来罩住，“咚”地一声，连罐头瓶也跳起来。我起初不敢拿在手里放，后来经乐生哥哥教导，竟敢拿在手里放了。两指轻轻捏住鞭炮的末端，一点上火，立刻把头旋向后面。渐渐老练了，即行若无事。

年底这一天，是准备通夜不眠的，店里早已经摆出风灯，插上岁烛。吃年夜饭的时候，把所有的碗筷都拿出来，预祝来年人丁兴旺。吃饭碗数，不可成单，必须成双。如果吃三碗，必须再盛一次，哪怕盛一点点也好，总之要凑成双数。吃饭时母亲分送压岁钱，用红纸包好，我全部用以买花炮。吃过年夜饭，还有一出滑稽戏呢。这叫“毛糙纸揩洼”。“洼”就是屁股。一个人拿一张糙纸，把另一个人的嘴揩一揩。意思是说：你这嘴巴是屁股，你过去一年中所说的不祥的话，例如“要死”之类的，都等于放屁。但是人都不愿意被揩，尽量逃避。然而揩的人很调皮，出其不意，突如其来。哪怕你是极小心的人，也总会被揩。有时其人出前门去了，大家就不提防他。岂知道他绕了个圈子，悄悄地从后门进来，终于被揩去了。此时笑声、喊声使过年的欢乐气氛更加浓重了。

街上提着灯笼讨债的，络绎不绝，直到天色将晓，还有人提着灯笼急急忙忙地跑来跑去。灯笼是千万少不得的。提灯笼，表示还是大年夜，可以讨债；如果不提灯笼，那就是新年，欠债的可以打你几记耳光，要你保他三年顺境，因为大年初一讨债是禁忌的。但是这时候我家早已结账，关店，正在点起香烛接灶君菩萨。此时通行吃接灶圆子，管账先生一面吃圆子，一面向我母亲报告账务。说到盈余，笑容满面。他告别回去，我们也收拾，睡觉。但是睡不到两个钟头，又得起来，拜年的乡下客人已经来了。

年初一上午忙着招待拜年的客人。街上挤满了穿新衣服的农民，男女老幼，熙熙攘攘，吃烧卖，上酒馆，买花纸（即年画），看戏法，到处拥挤。

初二开始，镇上的亲友来往拜年。我父亲戴着红缨帽子，穿着外套，带着跟班出门。同时也有穿礼服的到我家拜年。如果不遇，就留下一张红片子。父亲死后，母亲叫我也穿着礼服去拜年。我实在很不高兴。因为一个十一二岁的孩子穿礼服上街，大家注目，有讥笑的，也有叹羡的，叫我非常难受。现在回想，母亲也是一片苦心。她不管科举已废，还希望我将来也中个举人，重振家业，所以把我如此打扮，聊以慰情。

正月初四，晚上接财神。别的事情排场大小不定，独有接财神，家家郑重其事，而且越是贫寒之家，排场越是体面。大概他们想：敬神可以邀得神的恩宠，今后让他们发财。

初五以后，过年的事基本结束，但是拜年，吃年酒，酬谢往还，也很热闹。厨房里年菜很多，客人来，搬出就是。但是到了正月半，也就差不多吃完了。所以有一句话："拜年拜到正月半，烂溏鸡屎炒青菜。"我的父亲不爱吃肉，喜欢吃素。所以我们家里，大年夜就烧好一大缸萝卜丝油豆腐，油很重，滋味很好。每餐盛出一碗来，放在锅子里一热，便是最好的饭菜。我至今还忘不了那种好滋味。但是让家里人烧起来，总不及童年时的好吃，怪哉！

正月十五，在古代是一个元宵佳节，然而赛灯之事，久已废止，只有市上卖些兔子灯、蝴蝶灯等，聊以应名而已。二十日，各店照常开门做生意，学堂也开学，过年也就结束。

（摘自《读者》2007年第8期）

年 意

冯骥才

年意不像节气那样——宇宙的规律、大自然的变化，都是外加给人的。它很奇妙！比如伏天挥汗时，你去看那张著名的传统木版年画《大过新年》，画面上生动地描绘着大年夜合家欢聚的种种情景。你呢？最多只为这民俗的意蕴和稚拙的构图所吸引，并不曾被打动。但在腊月里，你再去瞅这花花绿绿的画儿，感觉竟然全变了。它变得亲切、鲜活、热烈，一下子撩起你过年的兴致。它分明给了你年意的感染。但它的年意又是从哪儿来的呢？倘若还在画中，为何夏日里你却丝毫感受不到？

年年只要一喝那杂米杂豆熬成的又黏又甜、味道独特的腊八粥，便朦胧看到了年，好似彼岸那样在前面一边诱惑一边等待了。时光通过腊月这条河，一点点驶向年底。年意仿佛寒冬的雪意，一天天簇密和深浓。你想一想，这年意究竟是怎样不声不响却日日加深的？谁知？是从交谈中愈来愈多说到“年”这个字，是开始盘算如何购置新衣、装点房舍、筹办年货，还是你在年货市场挤来挤去时，受到了人们要把年过好的那股子高涨的生活热情的感染？年货，无论是吃的、玩的、看的、使的，全部火红碧绿、艳紫鲜黄，亮亮堂堂。那些年年此时都要出现的图案，一准全冒出来——松、菊、蝙蝠、鹤、鹿、老钱、宝马、肥猪、喜鹊、刘海、八仙、聚宝盆，谁都知道它们暗示着富贵、长寿、平安、吉利、好运与兴旺。它们把你围起来，掀动你的热望，鼓舞你的欲求，叫你不知不觉地把心中的祈望也寄托其中了。不管今年的希望明年是否落空，不管老天爷的许诺是否兑现，祖祖辈辈们照样活得这样认真、虔诚、执着。唯有希望才能使生活充满魅力。

当窗玻璃外凛冽的风撩动红纸吊钱敲打着窗户，或是性急的小孩子提前零落地点响爆竹，或是邻人炖肉煮鸡的香味蹿入你的鼻孔时，大年将至，让人甚至有种幸福的逼迫感。如果此时你还有几样年货未备齐，少四头水仙或两斤大红苹果，不免会心急不安，跑到街上转来绕去，无论如何也要把年货买齐。圆满过年，来年圆满。年意竟如此深厚、如此强劲！如果此时你身在异地、急切盼望着回家，看到那一列列火车被返乡过年的人满满实实挤得变了形，你生怕误车而错过大年夜的团圆，也许会不顾挨骂、撅着屁股硬爬进车窗。

不管一年里你有多少失落与遗憾，但在大年三十晚上，坐在摆满年夜饭的桌旁，必须笑容满面。脸上无忧，来年无愁。你极力说着吉祥话，极力让家人笑，家人也极力让你笑；你还不自觉地让心中美好的愿望膨胀起来，热乎乎地填满你的心怀。这时你是否感觉到，年意其实不在其他地方，它原本就在你的心里，也在所有人的心里。年意不过是一种生活的情感、期望和生机。而年呢？就像一盏红红的灯笼，一年一度把它火热地点亮。

（摘自《读者》2016年第6期）

爱，澄澈如水！

马　德

一个男人为给妻子看病，已经债台高筑。由于实在交不起住院费，这天，男人办理了出院手续，简单地收拾了一下行囊，搀扶着依旧病重的妻子无奈地往农村老家赶。

然而在汽车上，他们碰到了一位好心人。当这位好心人听说了男人和妻子的情况之后，他说他恰巧在一家慈善基金会工作，他要试着想想办法帮他们一把。

果然，没过多久，男人就收到了这位好心人寄来的2000元钱，妻子又重新住进了医院，夫妻俩百感交集。之后，每当他们感觉到住院费所剩无几的时候，他们都会收到那位好心人寄来的钱款，这雪中送炭一般的帮助，让夫妻俩的心中暖融融的。除了必要的交医院的费用之外，夫妻俩省吃俭用非常节俭。他们在心底里一遍一遍叮嘱自己，这些钱来自许许多多双爱心之手，也许这些人也并不容易，怎能乱花呢！

春天，雪融花开的时候，妻子的病终于好了。在将近两个月的治疗时间里，他们一共收到那位好心人寄来的钱款14000元。

夫妻俩决定去拜谢这位好心人，以及那家给了他们那么多帮助的慈善基金会。然而，当他们风尘仆仆地赶到那座城市，才知道，好心人并没有在什么基金会工作，他在郊外经营着自己的一家小工厂，而那14000元钱，全部是他个人拿出来，捐给这夫妻俩的。

这件事很快引起了当地媒体的注意，电视台的记者第一时间赶往郊外去采访这位有爱心的人。记者问，你为什么要去帮助一对与你素昧平生的夫妻呢？他笑了笑，说，也没有别的，那次在出差的车上，我看他们实在困难，就决定帮他们一把。记者又问，那你为什么不从一开始就告诉他们，这钱是你一个人拿出来的呢？这次，他没有直接回答记者，而是为记者讲了自己的一个故事：

我小的时候，记得有一年，家里穷得实在没有米下锅。就在父母为这件事情发愁的时候，村书记给我家背来了一袋米，书记说，这是上级发下来的救济米，谁都知道你们家四世同堂，人口多，粮食肯定不够吃，也许这袋米正用得上。结果，就是这么一袋米，让我们家渡过了最困难的时期。又过了好几年，日子开始好过了，父母才从村书记的媳妇口中得知，那一袋米其实并不是救济米，而是书记从他们家所剩不多的粮食中接济给我们家的……

讲完后，他对记者说，这件事对我的影响很大。我从村书记那里学会了爱，也学会了如何去爱。是啊，能让一个人坦然地接受你给他的帮助，并且不让他有丝毫的为难和歉疚，这才是真正的爱。

记者并不甘心，又问了他最后一个问题，这个问题似乎更加直接和尖锐：既然你要帮助他们，为什么不把捐助的钱一下都给他们呢？

面对着记者问的这个问题，他笑了，随后又点了点头，有所感触地说，把所需要的钱一下子给了他们，也并不是不可以，但如果是这样的话，这夫妻俩所得到的，只是看病的钱，而我这样做的最终目的，是想让他们感受到，他们总能得到不尽的爱和希望。

他最后说，对于身陷困难的人来说，他们所需要的，并不是慷慨的怜悯，而是生生不息的爱和希望啊！

（摘自《读者》2006年第12期）

我父亲的逻辑

鲍鹏山

我父亲是农民，我当然也就是。农民有农民的活计，我从小就跟着父亲做，很多农活都在父亲的“严”（严厉）传“申”（申斥）教下学会了。可惜后来到了城里，在大学里教书，评教授时这些技术都不算数。我还得去写叫“论文”的玩艺儿。我知道我父亲的脾气，若他知道现在流行的“论文”是这种看起来一大泡却不肥田的“牛屎”，他定会拧着我的耳朵让我还是回去种地——我小时候拾粪，有时实在拾不够一筐，偶尔也用一大泡牛屎冒充，我父亲对此深恶痛绝，每发现，总要严惩。我父亲念过私塾，读过《幼学琼林》《千家诗》之类，能背《论语》。我的古文兴趣，最初也从他那儿启蒙。我为生产队放牛，晚上骑在牛背上回家，他一见，就跟我背：“牧童归来横牛背，短笛无腔信口吹。”只可惜我嘴上叼的不是笛子，而是一根黄瓜，还是从二表婶娘家的地里偷摘的。晚上在月下乘凉，他兴致好时，也给我们背："危楼高百尺，手可摘星辰。不敢高声语，恐惊天上人。"我父亲性情暴烈，不会背"轻罗小扇扑流萤"之类，这一类是后来我的两个哥哥给我背的，还有讲解。我父亲还会对对子，像"此木是柴山山出，因火成烟夕夕多"，还加上他杜撰来的一些与之相关的"本事"，生动有趣。

前几年我回老家，我父亲竟然牵头在一条路口修了一间小小的观音庙。一个小小的观音局促地坐在两三平方米的小"庙"里，竟有不少人在那烧香叩头。春节贴春联时，父亲让我也给这观音写一副。我虽同情这观音住房狭窄，愿为她广为招徕，但我哪知道如何给这样小小的观音写春联，要我写篇"论文"骗骗她倒还行，我几个月前才用"论文"骗了个副教授，手艺还不生。我父亲见我木讷在那儿，便张口来了一联：庙小无僧风扫地，天高有月佛前灯。我是非同小可地一惊，好一个清静世界！这副联他以前可从未说过！

还有一次，我肚子痛，他背我去村卫生所，那里的老中医正在夏日的竹阴下读《千家诗》，我父亲一见，便也忘了我，与他一起边读边叹赏不已。他当时背出的一诗我一闻即记，一记便永不再忘：

昼出耘田夜绩麻，村庄儿女各当家。

童孙未解供耕织，也傍桑阴学种瓜。

那时我是小学三年级。后来上了初中，学校离我家只有200米，我是全校数百名学生中离学校最近的学生，可我天天迟到。因为学校要我们天一亮便到校早读，可我父亲要我先拾一筐粪再上学。班主任张老师了解到这个情况后，便来家访。

老师：鲍鹏山每天都迟到，据说是您让他早晨起来去拾粪。

父亲：是的。他必须拾一筐粪才能去上学。

老师：拾完一筐粪再上学，就要迟到了。

父亲：那他可以起得早一点嘛。（说到这里，父亲看了我一眼。我此时正端着大海碗呼啦呼啦地喝菜粥——家里穷吃不起干饭噢！）

老师：不可能！拾粪要等天亮才看得见，可天一亮我们就早读了。

父亲：那我不管。反正他得先拾一筐粪才能去早读。

老师：（有点急。但我父亲在当地颇有民望，老师不敢太冲动。）你这是不……（我估计他要说不讲理，但忍了半天，换了个词）不可能嘛！天亮才能拾粪，天亮就要早读。你看，你看（他摊开手，求饶似地望着我父亲。）

父亲：那我不管。反正他得先拾一筐粪才能去早读。

老师：……

我在家排行老三，我大哥已高中毕业，现当着村民办教师，一个月十块钱。二哥正读高中。那时还没有恢复高考，上到高中就是到了顶了。因为我家孩子都读书，所以几乎是全生产队最穷的。每年超支一大堆。大队书记便到我家做我父亲的工作。

大队书记：你这几个儿子都读书，有什么用？读到高中还不是回来做农活？家里穷成这样，生产队里每年你家超支最多。让他们回来挣工分！

父亲：我跟我几个孩子讲过的，只要他们有本事念，我一个一个都让他们读到高中毕业。现在老大高中毕业了，能不让下面的念？做老子的还能说话不算数？

大队书记：那生产队超支怎么办？

父亲：生产队超支都记着账，我背着，慢慢还。砸锅卖铁我也要让孩子念书！

大队书记：念书到底有什么用？还不是回来做农活？

父亲：你甭管。反正我说话要算数。

后来，大队书记召集全生产队开会，不点名地骂我父亲脑瓜是茅缸里的石头，又臭又硬——这是那时报纸上常见的骂人的话。但我父亲毕竟有民望，他不敢硬来，骂过了也只能作罢。

我父亲就凭他这简单的逻辑，让我们兄弟三人都读到了高中，后来高考恢复了，又都读了大学。

（摘自《读者》2003年第16期）

幸　福

苏　北

我的老婆为一朵水仙开花而高兴，用一盆水泡脚而满足。早晨起来，拉开窗帘，为外面一堆阳光而惊呼。她弄花盆里的花，发现一个小虫，便喊她女儿来看。她没有昂贵的化妆品，只是一些简单的女人护肤品。她不要汽车，说汽车不环保。她说，我要走路，走路舒服。

她每天上班下班，就是喊账太多。她是会计，单位里做不完的账，她一边抱怨，一边快乐地去做。之后就想象着：干几年不干了，到海边住着，出国旅行。

她每天看一点书，之后就陪女儿跳绳，踢键子，玩呼啦圈，跳着笑着，双人跳，单人跳。她没有社会活动。很少出去吃饭。我曾看过一本书：说有的人总是忙啊。其实这忙，多为应酬。少与社会杂染，则清净单纯。有一回我从饭店带回龙虾煲粥，她吃了。那个星期六，我们去金旺角茶餐厅就餐。她坐下说，你那一天带回的粥，很好吃，就要那个。我女儿说，那是龙虾煲粥。龙虾几百块钱一斤，你吃得起么？她说，哦。

老婆原来不会烧饭。她自己学着做，居然菜做得不错了。她从来不嫌烦。她现在做的干烧鱼头、干煸肉和烩鱼羹，都堪称一绝。她对小事很有兴趣，她总是说，什么东西都要去学。只要去学，肯定能做得最好。她考会计师，整天上班做账，下班烧饭，没有时间看书，她都是每晚在床上看一点。那天考完，回来直跺脚，考砸了考砸了。明年重考。分数出来那天，我让她打热线查询。她不肯，说肯定不行。结果试着去打，居然通过了，有一门只多一分。她兴奋得脸涨红，说，我真行耶！她平时很少打的，第二天上班，出门就拦了一辆的士，打到单位八块，她给了十块，对司机说，不用找了。她中午说给我听，说，司机还说谢谢我，还是一脸的兴奋。

她没事喜欢睡觉，双休日能睡到中午。我有时走过去看看，见她脸睡得通红。睡足了，起来拉开窗帘，家里涌进一堆的阳光。她开始烧饭，唱着歌，一会，厨房里飘出香味。

我没事街上乱走。见到一只京叭儿，蹲下来唤它过来，或者走上去，摸摸它的头。我走进书店，在一堆书前看来看去。心里痒痒，就花钱买了。

我喜欢沥青的路面，喜欢雪白的斑马线。我到香港，能从湾仔走到上环。喜欢那街道的整洁卫生。我对居住的城市不满意，可城市中的每一点变化都令我高兴。一幢楼刚刚筹建，工人还在工地门口划施工概况，我凑过去，看看是多少层楼，何时峻工。报上说，哪条道路开始改造了，从砌禁行路标到通车，我一有时间，都会去看看，问问工程进度，同工人聊聊天。“神经”起来，还同工人握手，说，同志辛苦了。工人则说，首长更苦。

我对女儿，有点小小的妄想。希望她考取大学。我们不看电视，家里却挂了一块黑板，记些东西，如警句名言，考试时间，像单位。

我平静地对待每一天，手掌温暖。

何为幸福？幸福指数几何？乞丐得到一分钱是幸福，皇帝吃到一只烤红薯是幸福。娃娃对一朵花微笑是幸福，老人日头下枯坐是幸福。拥坐金山不一定幸福，失而复得才是幸福。妻妾成群不一定幸福，两情相悦才是幸福。围炉夜话是幸福，猜忌谗言不是幸福。油灯下给母亲梳头是幸福，姑争嫂斗不是幸福。读书是幸福，行走是幸福。贪敛不是幸福，抱怨不是幸福。幸福是鞋与脚，鞋的幸福是因为有一双温暖的脚，脚的幸福也只有鞋知道。我们不知道别人的幸福，我们见到的别人的所谓幸福，也只是我们的感觉罢了。

是啊，本来活着就是幸福。快乐地活着，更是幸福。知足常乐，是天大的幸福。幸福在你身边，幸福也在你手中。

（摘自《读者》2007年第7期）

夜　晚

韩少功

月亮是别在乡村的一枚徽章。

城里人能够看到什么月亮？即使偶尔看到远远天空上一丸灰白，但暗淡于无数路灯之中，磨损于各种噪音之中，稍纵即逝在丛林般的水泥高楼之间，不过像死鱼眼睛一只，丢弃在五光十色的垃圾里。

由此可知，城里人不得不使用公历，即记录太阳之历；乡下人不得不使用阴历，即记录月亮之历。哪怕是最新潮的农村青年，骑上了摩托用上了手机，脱口而出还是冬月初一腊月十五之类的计时之法，同他们抓泥捧土的父辈差不多。原因不在于别的什么——他们即使全部生活都现代化了，只要他们还身在乡村，月光就还是他们生活的重要一部分。禾苗上飘摇的月光，溪流上跳动的月光，树林剪影里随着你前行而同步轻移的月光，还有月光牵动着的虫鸣和蛙鸣，无时不在他们心头烙下时间感觉。

相比之下，城里人是没有月光的人，因此几乎没有真正的夜晚，已经把夜晚做成了黑暗的白天，只有无眠白天与有眠白天的交替，工作白天和睡觉白天的交替。我就是在三十多年的漫长白天之后来到了一个真正的夜晚，看月亮从树阴里筛下的满地光斑，明灭闪烁，聚散相续；听月光在树林里叮叮当当地飘落，在草坡上和湖面上哗啦哗啦地拥挤。我熬过了漫长而严重的缺月症，因此把家里的凉台设计得特别大，像一只巨大的托盘，把一片片月光贪婪地收揽和积蓄，然后供我有一下没一下地扑打着蒲扇，躺在竹床上随着光浪浮游。就像我有一本书里说过的，我伸出双手，看见每一道静脉里月光的流动。

盛夏之夜，只要太阳一落山，山里的暑气就消退，辽阔水面上和茂密山林里送来的一阵阵阴凉，有时能逼得人们添衣加袜，甚至要把毯子裹在身上取暖。童年里的北斗星就在这时候出现，妈妈或奶奶讲述的牛郎星织女星也在这时候出现，银河系星繁如云星密如雾，无限深广的宇宙和无穷天体的奥秘哗啦啦垮塌下来，把我黑咕隆咚地一口完全吞下。我是躺在一个凉台上吗？我已经身在何处？也许我是一个无依无靠的太空人在失重地翻腾和漂浮？也许我是一个无知无识的婴儿在荒漠里孤单地迷路？也许我是站在永恒之界和绝对之境的入口，正在接受召见和盘问……这是一个必须绝对诚实全盘招供的时刻。

我突然明白了，所谓城市，无非是逃避的地方，是没有召见和盘问的地方。

山谷里有一声长叫，大概是一只鸟被月光惊飞了。

（摘自《读者》2006年第9期）

山地马

阿　来

一

日隆是四姑娘山下的一个小镇。

在小饭馆里喝酥油茶的时候，我从窗口就看见了山的顶峰，在一道站满了金黄色桦树的山脊背后，庄重地升起一个银白色的塔尖，那样洁净的光芒，那样不可思议地明亮着。我知道，那就是山的主峰了。相信此时此地，只有我一个人在注视着它。而那座雪峰也已渡过蓝空，到我胸中来了。

顷刻后，我们站在山前，看到将要驮我们上山的马，慢慢下山，铃铛声一下涨满了山谷，使这个早晨比别的早晨更加舒缓，而且明亮，我的心跳一下就加快了。

马，对于藏族同胞来说，可是有着酒一样效力的动物。

马，我已经有两年多没有跨上过马背了。现在，一看到它们的影子出没在金色桦树掩映的路上，潜伏在身上的全部关于这种善于驰骋的动物的感觉一下子就复活了。那种强健动物才有的腥膻味，蹄声在寂静中震荡，波浪一般起伏，和大地一起扑面而来的风，这一切就是马。

马一匹匹从山上下来。

就在这里，山谷像一只喇叭一样骤然敞开。流水声和叮咚声在山谷里回荡。一队马井然有序地行进在溪流两边的金黄草地和收割不久的麦地中间，溪水上的小桥把它们牵到石岸，到一株刺梨树下，又一座小桥把它们渡回左岸。一群野鸽子从马头前惊飞起来，就在很低的空中让习习的山风托着，在空中停留一阵，一收翅膀，就落向马队刚刚走过的草丛里去了。

可那是一群什么样的马呀！

在我的经验里，马不是这样的。我们要牛羊产仔产奶，形象问题可以在所不计。但对马，我们是计较的：骨架、步态、毛色，甚至头脸是否方正都不会有一点马虎。如果不中意，那就宁愿没有。中了意的，那一身行头就要占去主人财富的好大一部分。而眼前是些什么样的马呀：矮小，毛色驳杂，了无生气，叫人担心它们的骨头随时会刺破皮子。

马队主人没有马骑，那一头乱发的脑袋在我膝盖那个高度起起落落。我问他刚才把马叫作什么？他说，牲口。这个回答使我高兴。在我胯下的不是马，而是牲口。马和牲口，给人的感觉是截然不同的。“马”，低沉，庄重，有尊敬的意味；“牲口”，天哪！你念念看，是多么轻描淡写，从一种可以忽略的存在上一掠而过。不过带着一点失望的心情在路上实在是件好事。这种感觉使眼前的景色看上去更有况味。如果胯下是一匹好马，会叫我只享受马，从而忽略了眼前的风景。而现在，我可以好好看风景，因为是在一头牲口的背上。

看够了一片风景，思绪又到了马的身上。马之所以是马，就是在食物方面也有自己特别的讲究。在这一点上，马和鹿一样，总是要寻找最鲜嫩的草和最洁净的水，所以它们总是在黎明时出现在牧场上。故乡一个高僧在诗中把这两者并称为“星空下洁净的动物”。我们在一块草地上下了马，吃干粮。这些牲口松了缰绳也不走开去寻找自由和水草，而是一下就把那长长的脸伸到你面前，鼻翼翕动着，呼呼地往你身上喷着热气，那样的驯顺，就是为了吃一点机器制造出来的东西：饼干、巧克力，甚至还有猪肉罐头。我的那一匹，伸出舌头来，就从我手上把一包方便面、一个夹肉面包卷到口里去了。问马队主人它们叫什么名字，他说不过是几匹牲口，要什么名字。

二

吃过干粮再上路，我没有再骑牲口。走在一片柏树林里，隐约的小路上是厚厚的苔藓。阳光星星点点透过树梢落在脚前，大地要在上冻前最后一次散发沃土醉人的气息，小动物们在树上来回跳跃，寻找最后的一些果实，带回窝里做过冬的食物。这时，雪峰从眼界里消失了，目前的位置正在山脚下。夕阳西下，整个山谷，整个人就落在这些青色石头的阴影里了。寒气从溪边，从石缝里，从树木的空隙间泛起，步行三四个小时，人也很累了。听到那些牲口脖子上的铜铃在前面的林中回荡，这时，不管是牲口还是马，都想坐在它的背上了。紧赶慢赶半个小时，我才坐在了牲口背上。

晚饭的时候，我的那头牲口得到了比别的牲口多一倍的赏赐。我甚至想给它喝一口酒。在云杉的衣冠下拉上睡袋拉链时，牲口们已经不在了。什么也来不及想，就酣然入睡。半夜里醒来，先是看见星星，然后是流到高崖上突然断裂的一道冰川，那齐齐的断口在那里闪着幽幽的寒光。月光照在地上，那些马一匹匹站在月光下。因为我是躺着的，所以，它们的身躯在我眼里显得很高大。月光不论多么明亮，都是一种夜晚的光芒。它恰好掩去了眼前物体上容易叫人挑剔的细节，只剩下一个粗略的轮廓。牲口重新成了法国人布封在书中赞誉过的，符合我们的经验与期望的马了。布封说："它们只是豪迈而狂野。"

在这样一个寒夜里，它们的行走是那么轻捷，轻轻一跃，就上了春天的融雪水冲刷出的那些堤岸，而林子里任何一点细小的响动，都会立即叫它们的耳朵和尾巴陡然一下竖立起来。它们蹚过溪水，水下的沙子就泛起来，沙沙响着，流出好长一段，才又重新沉入水底。我的那匹马向着我走了过来。它的鼻子喷着热气，咻咻地在睡袋外面寻找。我把手从被子里拿出来，说，可是我没有盐巴。它没有吃到盐也并没有走开。它仍然咻咻地把温暖的鼻息喷在我的手上。它内在的禀性仍然是一匹马：渴望和自己的驭手建立情感。它舔我的左手，又去舔右手。我空着的那只手并没有缩回被子里，抚摸着它那张长脸上的额头中央。这样的抚摸会使一匹好马懂得，它的骑手不是冷漠的家伙。我们的谚语说，人是伙伴而不是君王。

看来，这次登山将要扩展我关于马的概念。过去我所知的马是黄河上游草原上的河曲名马。那些马总是引起我歌唱的欲望。今天，一匹山地马和它的一群同伴也引起了我的这种欲望。

第二天骑涉过一个海子，同行的朋友把这个过程完整地拍了下来。休息的时候，我从监视器里看那个长长的镜头。一到电视画面里，那马在外形上就成为一匹真正的马了。我看见它驮着我涉入湖水，越来越深，最后在水中浮起来，慢慢地到了对岸。然后扬起前蹄，身子一纵，上了半人高的湖岸。录像带上没有伴音，但我还是禁不住身子颤动一下，听到了蹄子叩在岩石上的声音。我看见自己用缰绳抽了它一下，于是，它就驮着我在弯曲的湖岸上飞跑起来。它从一段枯木上跃过时，是那么轻捷；而当其急速转弯避开前面一块突兀的岩石时，又是那么灵敏。于是，我在它的背上所有的感觉都复活了。这匹马这样懂得来自骑手的暗示：轻轻一提缰绳，它就从一丛小叶杜鹃或一团伏地柏上飞跃而过；两腿在肋上轻轻一压，它就甩开四蹄，跑到这个下午的深处去了。

三

一场大雪下来，不要说再继续上山，就是下山的路也完全看不见了。

顶着刺眼的阳光，我们给马备上鞍子，再在鞍子上捆好我们带来的东西。这一来，它们又不像是马，而像是牲口了。它们短小的四肢都深深地没入雪里，它们窄窄的胸膛推开积雪，开出了一条道路。就是这样，我们的双脚还是深深地没入积雪。不到半天工夫，我那专门为了这次上山而买的运动鞋就报废了，所以不得不爬到马背上。倒是马队的主人说，没什么，牲口就是叫人骑的。我说，这么深的雪，它怕是不行吧。主人说，它们又不是金贵的马，那些马在这样的大雪里，不是跌残就是摔死了；而这些牲口，命贱，像是使不坏的东西。我说，其实就是另一种马嘛。他说，是，山地马。

这些马，在这样的路上走得多么快啊，雪越来越薄，最后雪没有了，道路又变成了深深的泥泞。这时已经到了我们上山第一天过夜的地方。上山两天的路程，下山只半天就到了。马队的主人要在这里跟我们分手。这时，我才知道自己多么想要这些马再送一程，直到山下。主人说，马跟我们下山，到了山下只要卸下鞍具寄放在镇子上，牲口们会自己回家的。到这个时候，他才露出一点感情说，牲口们累了大半年，该过一个安闲的冬天了。问他的名字，他指指一座小寺庙旁边一群低矮的石头房里的一座，说:“你们多半不会再来了，来的话，到我房子里来坐，喝茶。”然后，他扬起手，对着他的牲口叫一声“走”。这些矮小、坚忍的山地马，又摇响了脖子上的铃铛，驮着我们上路了。

风吹着它们的脖子，铜铃声在黄昏中回荡。寒气四起，我抬起头，看到晚霞又一次燃红了雪山之巅。

（摘自《读者》2020年第4期）

大自然的迷局

明前茶

南瓜园里，南瓜的小苗刚刚露头时，萤火虫就拿它当鲜嫩的点心来啃食，几只萤火虫就能把它啃得麻麻点点，让可怜的南瓜苗断了生机。

农场的老周为我们示范怎样为柔弱的小苗驱赶萤火虫：他从镇上学校食堂里搜罗来成筐的鸡蛋壳，用火钳夹着，逐一在火苗上燎烤，直到鸡蛋壳发出微微的焦气。然后，再搜罗一些竹筷，钳断筷子做成小棍，在南瓜苗的近旁用小棍支起烧焦了的鸡蛋壳，如同撑起一顶顶迷你的华盖。

萤火虫惧怕焦蛋壳的气味，有了这个防护措施，它们就避而远之了。等南瓜苗长大，伸展出日新月异的牵藤，叶子转眼间比巴掌还要大，农人们就不管萤火虫来不来吃了。喷杀虫药的办法是他们绝对不喜欢的。夏日的菜园，怎能没有萤火虫飞舞？在农场里，萤火虫绝对不算对农作物危害最大的害虫，根本不需要用农药来喷杀。

南瓜花开了，农场小孩的夏日游戏，就是蹑手蹑脚走近南瓜花（一般是雄花），右手将花瓣口猛地拢紧，左手掐下花柄，数只萤火虫就由此“入瓮”了。回家后用瓶子把萤火虫装起来，就成了蚊帐里的一盏小灯——亮莹莹的幻想之灯。这种捉虫法，就像跟萤火虫做游戏。被孩子折下来的南瓜花，虽然已经被萤火虫啃出小洞，也会被裹上面糊油炸了当茶点，不会浪费。

相比之下，喷药是最没有长远眼光的做法。吃了被药放翻的虫子，鸟雀也会中毒的。鸟雀遭毒杀，大自然原本不动声色勾连着的生物链被粗暴地扯断，第二年的虫害会变本加厉。

但鸟雀也是要防的。以梨园为例，如果不防鸟，梨子长到乒乓球大小，就会被鸟儿东一口、西一口啄出很多洞。梨子还在幼年时期，就毁了。因此，梨子结出来没多久就要被套上小袋子，隔一段时间还要换大袋。这是相当考验人眼、心、手能否合一的体力活：每人肚子上系一个褡裢式的围兜，纸袋就放在围兜里，左手拿出一小沓纸袋，右手飞快地抽、捻、套，用订书机咔嚓一下封口。专注的熟手，扛着沉重的铁梯爬上爬下，一天能套十多棵树，数千只梨子。可有一件事相当奇怪：就算藏在枝条缝隙里的梨子，他们套起来也没有一个漏网的，但偏偏漏过了向阳面的几只梨。

梨园老板说：“那是给鸟留着的。梨不留，鸟不来，梨园里的害虫就会泛滥成灾。”

套了袋子也不解决问题？是的，因为梨子需要呼吸，袋口不能封得太死，食心虫完全有缝隙钻进去。这样，套了袋还需再除虫。而除虫就要去袋喷药，那可耗费人工。

于是，最好的办法还是留下向阳处最醒目、最甜美的果实，邀请吃虫的鸟儿来驻留。鸟雀的啄食，肯定也除不尽所有的害虫，但有什么关系？有虫眼的梨子收下来，就不卖了，秋天他们会自己熬一些秋梨膏来吃。

农人讲不出“和谐共生”之类的大道理，他们只知道梨子、鸟雀、害虫之间的微妙牵制是大自然布下的迷局，他们宽容地笑着说：“要留有余地，因为大家都要过下去。”

（摘自《读者》2016年第2期）

家园如梦

山　珍

夜很深，也很静。浅浅的月光流进了我的村子，挤进了那扇用牛皮纸蒙住的三扇窗。风轻轻地梳理着窗外还略显单薄的树枝，嗓音很低，却让我听得清楚那来自远方的呼唤。

庭院里的那口古井，清楚地倒映着我曾经在井旁的柳树上猴跃的童年。辘轳上那长满黑斑的麻绠，依然牢牢地吊着我的心事，绷得像调紧的弦。

“月光光，亮堂堂，背书包，进课堂……”井边学会的童谣鲜活如初，只是教我童谣的母亲却已独卧寒山。母亲的声音已成记忆，然而母亲的血必将灌溉我的一生。

流浪的脚步离开家园，只把乡愁饲养在井中，任何一丝不经意的涟漪，都有可能荡得我遍体伤痕。

屋后的荒坡上，零零散散地落户了一些三月莓树，它们在贫瘠中送走一个个春夏秋冬，又迎来一个个春夏秋冬。

母亲为我摘莓子时被刺破的手指，滴着血，凝成一团不褪的火红，永远燃烧在我记忆的深处。那些吃三月莓当饭的甜甜的日子，是母亲用手一分一分地扳来的。今年的三月，我想母亲还会在另外的世界里为我采摘三月莓。只是母亲已移居黄泉，即使我将膝盖埋进坟土，也无法缩短母子间的距离。

等到三月莓红透的时候，我该回趟老家，去荒坡上采摘一包三月莓，捧撒在母亲坟头。

母亲曾经为我寻找三月莓的目光，擦亮一串串累累的爱。

屋右的古枫树——鸟的天堂。孩提时，父亲总是架着长长的梯子，猫着腰一回又一回地爬上树去为我取鸟蛋，样子很吃力，可父亲的脸上却从不滚落丝毫吃力的神情。

如今，鸟渐渐地少了，只剩下乱七八糟的鸟巢搁在树枝间，可年迈的父亲却像童年的我一样，在鸟归季节里一遍遍地数着鸟巢。又是鸟儿孵育的季节，隐约中，我感觉父亲佝偻着身子站在古枫前学舌一般重复着“一、二、三、四……”，那深深陷进了眼窝的眸子，专一地注视着通往山外的羊肠路。

屋外蜿蜒蛇行的山路依旧在为我走出大山的举动作注脚，那浅浅的一行不知打上了我多少若隐若现的脚印！从山村走进城市，实际上是走进一种诱惑，甚至是一种伤害。

山路的源头是生活，山路的尽处还是生活。生活就是生生死死。造化平衡世界，谁能适应这个世界，谁就是赢家。做个赢家吧，赢家有能力随遇而安。无论生活把自己推到哪个位置，都要用一颗平常心去面对，轻松靠自己给予，快乐只属于创造快乐的人。

怀念家园，更怀念家园里的某些人。我的含辛茹苦一生而今永隔幽冥的母亲，愿您有您的天堂；我的艰难活命又思儿念女的父亲，愿您有您的寄托！

在家门前那堵不倒的竹篱笆上，我将把自己攀缘成一株不老的牵牛，紫色的喇叭始终朝着敞开着的家门，芬芳屋里的每一道墙壁。

家园如一件厚厚的袄，等待着每一个伶仃的流浪者去穿；家园如一双不破的鞋，永远套在流浪者冰冷的脚上；家园如一柄永新的伞，一直搭在流浪者风雨兼程的肩膀上；家园如一块啃不完的饼，让流浪者一次又一次去补充能量；家园如一根拉不断的线，末端总系着一个流浪者的大风筝。

（摘自《读者》2006年第19期）

云在青天水在瓶

亦　舒

《洗心禅》里有这么一个典故。

李翱是唐代思想家、文学家，受佛教影响颇深。他认为人性天生为善，非常向往药山禅师的德行，他在担任朗州太守时曾多次邀请药山禅师下山参禅论道，均被拒绝，所以李翱只得亲自登门造访。那天药山禅师正在树下看经，虽然是太守亲自来拜访，但他毫无起迎之意，对李翱不理不睬。

见此情景，李翱愤然道："见面不如闻名！"说完，便拂袖而出。这时，药山禅师冷冷地说道："太守怎么能贵耳贱目呢！"一句话使得李翱颇有所动，遂转身礼拜，一番攀谈后请教什么是道，药山禅师伸出手指，指上指下，然后问："懂吗？"

李翱道："不懂。"药山禅师解释说："云在青天，水在瓶！""云在青天水在瓶”，药山禅师简单的七个字蕴涵着两层意思：一是说，云在天空，水在瓶中，这是事物的本来面貌，没有什么特别的地方，只要领会事物的本质、悟见自己的本来面目，也就明白什么是道了；二是说，瓶中之水好比人心，如果你能够保持洁净不染，心就像水一样清澈，不论装在什么瓶中，都能随方就圆，有很强的适应能力，能刚能柔，能大能小，就像青天的白云一样，自由自在。

“云在青天水在瓶”应该成为我们为人处世的一种智慧。这种淡泊而高远的境界，源于对现实的清醒认识，追求的是沉静和安然。这是洞悉人世之后的明智与平和，即保持一种荣辱不惊、物我两忘的平常心，也是我们现代人最难得的精神状态。

的确，在这个个性张扬、争名逐利、浮躁忙乱的现代社会中，不少人心被撩拨得蠢蠢欲动，不是为名利的得失所劳役，就是被人与人之间的钩心斗角所左右，随之而来的必然是痛苦和烦恼。拥有一颗平常心，对待周围的环境做到“不以物喜，不以己悲”，对待周围的人和事做到“宠辱不惊，去留无意”，内心也就获得了平静。

（摘自《读者》2016年第4期）

站牌下的约定

孙道荣

西湖往南，一路景区。有一个公交车站，叫九溪。

每天一早，这个公交站牌下，就会站满了人：赶着上班的，背着书包上学的，转车去景区看风景的。

一辆公交车来了，一辆公交车开走了。早晨的阳光，淡淡地将树梢点亮。

不知道从哪一天开始，站牌下出现了一对母女。女孩手里捧着一本书，妈妈弯下腰，手指着书，一行行教女孩读。妈妈偶尔会抬起头，看看公交车来的方向。

春寒料峭，女孩的双手和小脸都冻得红红的。女孩的读书声清脆、响亮，细听听，还有一点点颤音。

候车的人纷纷侧目，好奇地注视着这对母女：妈妈连等车的时间都不放过，教孩子拼音识字。这个母亲可真够操劳、真够费心的。

一辆开往郊区的公交车驶进站了，妈妈匆匆交代女孩几句就跑向公交车。妈妈跳上了车，女孩捧着书，看着车门关上，目送公交车开远，才捧着书走开。

每天早晨都是这样。

奇怪的是，有时候是妈妈先到公交车站，有时候却是女孩先到。

遇到天气不好，妈妈就会领着孩子到车站边的一家单位的门廊下，教孩子读书。

一天也没有间断过。

有一天，终于有位候车的乘客忍不住，走过去问妈妈："你女儿学习真用功，几岁了？"

妈妈抬起头，摇了摇说："她不是我女儿。"

"那你们是……"

"妈妈"说："我也是等公交车的。她是附近一个环卫工的女儿，我见她没上学，经常一个人在车站附近孤单地游荡，我就想，能帮她一点儿是一点儿。所以，我就和她约定，每天我早一点来等车，教她十几分钟。"

原来是这样。

说完，"妈妈"走到一边，继续教孩子。那天，教的课文是《春天来了》："春天像个害羞的小姑娘，遮遮掩掩，躲躲藏藏。我们仔细地找啊，找啊。小草从地下探出头来，那是春天的眉毛吧？早开的野花一朵两朵，那是春天的眼睛吧……"

那位乘客偷偷地用手机拍了几张照片，寄给了报社。

报社进行了跟踪报道。记者很快了解到，女孩叫花花。花花在老家已经读过一年级了，今年春节过后，在杭州做环卫工的父母，将花花从老家接了过来，却一直没联系上学校。花花每天孤单地跟着父母去扫马路，遇到了等公交车的“妈妈”，于是，便有了这个公交站牌下的约定。

花花和公交站牌下“妈妈”的故事，感动了杭州城的人。热心的人们四处奔波，为花花联系学校。很快，花花的学校落实了下来。花花也可以像别的孩子一样，每天背着书包，去宽敞明亮的教室读书了。

而那位公交车站的“妈妈”，记者根据其本人的意愿，没有透露太多她的信息。人们只知道，她是一位普通的职员，也是一位普通的母亲。她的孩子正在读中学。她给记者发了一条短信：“不要把笔墨放在我这里，好心人很多，谁都会去做的。”

（摘自《读者》2009年第12期）

只有干，才能活

徐小平

钱猪，也叫扑满，是家家都有的存放零钱的容器。虽然几分几毛的零钱看上去不起眼，但在穷到极点的时候，扑满里的钱，也能够救急。1992年，我在加拿大第一次买房，买完之后成了“房奴”，连吃饭的钱都没有了，就靠打破一个钱猪，用里面的钢镚支撑了一个多星期才活到今天。

让我想起这个话题的，是一位叫吴梁的大学生。他大四，专业是应用化工，但同班三十几个同学，尚无人找到相关工作。他家在农村，父母为供他上学，把盖房子的钱都用掉了。吴梁成为家庭的希望；挣钱，成为他最要命的人生使命。

踏破铁鞋找工作，他找到一家与自己专业、经历、特长、兴趣毫不相关的工作：做了一个推销炒股软件的电话推销员，没有底薪，只有看上去近在眼前、实际上远在天边的销售提成。

当他遇到我，问我这份工作如何时，我觉得这是他最糟透的选择。假如工作经验是一种积蓄，他在股票方面的经验之积蓄等于零。

于是我问他还有哪些经验？

他说他作过学校团委副书记和学生会干部，但考公务员失败了。这点经验暂时用不上。

他说他还做过奥运会志愿者，但这份经验似乎无法和就业直接接轨。

他是学应用化学的，学习成绩很好，但看不到任何相关就业机会。

这是一个优秀的大学生，但显然，他的优秀，只是传统教育定义的优秀，而不是就业市场呼唤的优秀。

面对一脸茫然的他，我问："你还会什么？还做过什么？你在大学期间有过任何工作经历吗？"

他想了想："嗯，我还在必胜客送过外卖。"

我眼睛一亮："问他送外卖一小时多少钱？"

"八元。"

我计算："八元，如果全日工作，一个月也能挣个小两千呢！"

于是我大喜，我说："你再说你找不到工作我跟你急！你已经有工作了！你只需要去必胜客申请复职，继续去做他们的外送就好了！当年我也送过，还当过优秀急送手呢。咱们同事啊！"

他摇摇头说："我干了一段就辞职了，最近回去申请过，但没有下文。然后就放弃了。"

我说："没有下文不要紧。这是你大学期间唯一干过的带薪工作，是你存放工作经验'钱猪'里仅有的钢蹦。打破'钱猪'，把这个钢蹦找出来，你就有了打开职场大门的硬通货了！必胜客不要你，你可以去达美乐，达美乐不要你，你可以去棒约翰，棒约翰不要你，你可以去麦当劳（最近也开始外卖），麦当劳不要你，你干脆就去‘安妮氏’……”

“安妮氏”是什么东东？

Annie's 是北京 CBD 一家意大利餐厅连锁店，在北京有好几家餐厅，它的外送业务非常发达，门口总是都有自行车队整装待发，我在北京居家生活，也常常订他们的食品。春节前，我叫了 Annie's 一百块钱的食物，因为曾经送过外卖，知道他们的疾苦，更因为大年节下，我就给那个小伙子一百块钱小费，之后心里非常温暖——我是说我的心里非常温暖！如同当年送外卖的我，自己拿到了这笔巨款！

“那个小伙子，不是你吴梁吧？”

知道为什么吴梁找不到工作了吗？作为曾经的外送专业人士，对于这份能够解决他燃眉之急的衣食父母却并不了解，也不想了解，更没有做哪怕一点一滴的追踪和搜索工作，他当然难以走出就业的困境。

找啊找啊找工作，找到一份好工作——问题是你还得会找！

在吴梁的经验‘钱猪’里，他只有一个硬币，但他却没有好好应用。必胜客拒收了他这枚硬币，他就几乎把它扔到一边，而不是去别处尝试运气。外送工作是一个流动性很高的工作，即使必胜客或必败客今天不需要人手，他们明天、后天、大后天、在可以等待的几周几月内，肯定会有 job open，毫无疑问，吴梁一定会被录用！

我这么自信，是因为我自己的求职经验。1992年，上次北美经济衰退最严重的时候，我是加拿大的硕士应届毕业生，找不到对口工作，只好去必胜客求职。在递交求职申请三个月，几乎已经不抱希望时，接到必胜客外卖部一个电话，第二天我就披挂上阵，开始了我的外卖生涯，家庭经济立即得到巨大改善！

干活干活，只有干，才能活。吴梁必须尽快找到一份活儿干起来，才能有尊严地活起来。就业大环境不好，对于吴梁以及所有和他处境相同的大学生，更需要提高自己的求职意识和求职能力！而吴梁的人生‘钱猪’里，本来已经储存了“必胜客外卖经验”这枚硬币，他却没有好好利用，差点明珠暗投，坐失良机。

正在找工作的大学生们，打开你的‘钱猪’，看看里面有什么闪光的东西吧！

（摘自《读者》2010年第2期）

八步沙·六老汉·三代人

任卫东　姜伟超　文　静　张　睿

三代治沙人

20世纪80年代，八步沙——腾格里沙漠南缘甘肃省古浪县最大的风沙口，沙魔从这里以每年7.5米的速度吞噬农田和村庄，“秋风吹秕田，春风吹死牛”。

当地六位年龄加在一起近300岁的庄稼汉，在承包沙漠的合同书上按下手印，誓用白发换绿洲。

38年过去，如今六老汉只剩两位在世。六老汉的后代们接过父辈的铁锹，带领群众封沙育林37万亩，植树4000万株，筑成了牢固的绿色防护带，护卫着这里的铁路、国道、农田、扶贫移民区。

这不仅仅是六个人的故事，也不仅仅是六个家庭的奋斗历程，更不仅仅是三代人的梦想，这分明是人类探寻生存之路过程中对大自然的敬礼！

誓用白发换绿洲

甘肃省古浪县是全国荒漠化重点监测县之一，境内沙漠化土地面积达到239.8万亩，风沙线长达132公里。

在大自然严苛的条件下，这里的人们用十倍百倍的汗水，为一家老小糊口谋生。

到了20世纪80年代初，沙漠化加剧，沙漠以每年7.5米的速度入侵，已经是“一夜北风沙骑墙，早上起来驴上房”。

“活人不能让沙子欺负死！”

1981年，随着国家“三北”防护林体系建设工程的启动和实施，当地六位农民郭朝明、贺发林、石满、罗元奎、程海、张润元，在合同书上摁下红指印，以联户承包的形式组建了八步沙集体林场。

当时，他们中年龄最大的62岁，最小的也有40岁。

在一个天蒙蒙亮的早晨，六老汉卷起铺盖住进沙窝。这一干就再也没有回头。

在沙地上挖个坑，上面用木棍支起来，盖点茅草，当地人叫“地窝铺”。这里夏天闷热不透气，冬天沙子冻成冰碴子，摸一把都扎手。

六位老汉节衣缩食，凑钱买了树苗，靠一头毛驴、一辆架子车、几把铁锹，开始了治沙造林。

没有治沙经验，只能按“一步一叩首，一苗一瓢水”的土办法栽种树苗。

然而，在沙漠中种活一棵树比养活一个孩子都难。第一年，六老汉造林1万亩，转过年一开春，一场大风，六七成的苗子没了。

老汉们慌了："难道家真的保不住了吗？"当时的古浪县林业局局长闻讯，带着技术员来到八步沙，一起出谋划策。

他们发现，有草的地方栽种的树苗"挺"过了狂风。兴奋之余，六老汉重拾信心，总结出"一棵树，一把草，压住沙子防风掏"的治沙经验。

慢慢地，树苗的成活率上去了，漫天黄沙中有了点点绿意。

沙漠里最难的不是种草种树，而是看管养护。当地的村民世代都在沙漠里放羊，新种的树几天就会被羊啃光。树种下后，六老汉调整作息时间，跟着羊"走"：每天日头一落就进林地"值班"，夜里12点再爬进沙窝休息。

渐渐地，由乔木、灌木和草结合的荒漠绿洲在八步沙延伸开来。

10年过去，4.2万亩沙漠披绿，六老汉的头发却白了。66岁的贺老汉、62岁的石老汉，在1991年和1992年相继离世。

贺发林老汉因肝硬化晚期昏倒在树坑旁。

石满老汉是全国治沙劳动模范。他没有被埋进祖坟，而是被埋在了八步沙。他去世前一再叮嘱："埋近点，我要看着林子。"

薪火相传，沙地显绿意

后来的几年里，郭朝明、罗元奎老汉也相继离世。老汉们走的时候约定，六家人每家必须有一个"接锹人"，不能断。

就这样，郭老汉的儿子郭万刚、贺老汉的儿子贺中强、石老汉的儿子石银山、罗老汉的儿子罗兴全、程老汉的儿子程生学、张老汉的女婿王志鹏接过老汉们的铁锹。"六兄弟"成了八步沙第二代治沙人。

2017年，郭朝明的孙子郭玺加入林场，成为八步沙第三代治沙人。

“父死子继，子承父志，世代相传”，成了六家人的誓约。

1982年，62岁的郭老汉病重，经常下不了床，30岁的郭万刚接替父亲进入林场。当时郭万刚在县供销社端着“铁饭碗”，并不甘心当“护林郎”，一度盼着林场散伙，好去做生意。

他曾怼父亲：“治沙！沙漠看都看不到头，你以为自己是神仙啊！”

一场黑风暴，彻底改变了郭万刚的想法。

1993年5月5日17时，当地平地起风，随即就变得伸手不见五指，蓝色的闪电伴着清脆的炸雷轰了下来。郭万刚当时正在林场巡护，还没反应过来就被吹成了滚地葫芦，狂风掀起的沙子转眼将他埋在了下面。

郭万刚死里逃生。第二天早上，一个消息传来：黑风暴致全县23人死亡。

郭万刚沉默了半天，此后再也没有说过想离开八步沙。

1991年，21岁的贺中强在父亲倒下的树坑旁捡起铁锹，进入林场；1992年，22岁的石银山接替父亲进入林场；2002年，30岁的罗兴全接替父亲进入林场……当年的娃娃正一天天向老汉迈进，但八步沙更绿了。

据测算，八步沙林场管护区内林草植被覆盖率由治理前的不足3%提高到现在的70%以上，形成了一条南北长10公里、东西宽8公里的防风固沙绿色长廊，确保了干武铁路、省道和西气东输、西油东送等国家能源建设大动脉的畅通。

在林场的涵养下，附近地区林草丰茂，大风天气明显减少，全县风沙线后退了15公里。

三代治沙，时代圆梦

治沙不能只守摊子。在治理好八步沙后，2003年，“六兄弟”主动请缨，向腾格里沙漠的黑岗沙、大槽沙、漠迷沙三大风沙口进发。

“六兄弟”连续在治沙现场搭建的窝棚中度过了10多个春秋。早上天未亮就出发巡护，夜里蜷进窝棚，每日步行30多公里，用坏的铁锹头堆满了整间房子。完成治沙造林6.4万亩，封沙育林11.4万亩，栽植各类沙生苗木2000多万株。工程量相当于再造了一个八步沙林场。如今，柠条、花棒、白榆等沙生植被郁郁葱葱。

从天空中俯瞰，一条防风固沙绿色长廊像一位坚强的母亲，将黄花滩移民区十多万亩农田紧紧抱在怀里。当地林业部门的干部说，在林场的保护和涵养下，周边农田亩均增产10%以上，人均增收500元以上。

党的十八大以来，“六兄弟”得以不断放飞梦想，治沙造林的步伐不断加快。

“六兄弟”成立了一家公司，先后承包实施了国家重点生态功能区转移支付项目、“三北”防护林体系建设工程等国家重点生态建设工程，并承接了国家重点工程西油东送、干武铁路等植被恢复工程项目，带领八步沙周边农民共同参与治沙造林，在河西走廊沙漠沿线“传经送宝”。

2018年，在古浪县委、县政府的鼓励帮助下，八步沙林场将防沙治沙与产业富民、精准扶贫相结合，流转了2500多户贫困移民户的1.25万亩荒滩地，种植梭梭嫁接肉苁蓉5000亩，种植枸杞、红枣7500亩，帮助贫困移民发展特色产业，一年下来光劳务费就发放了300多万元。

古浪是藏语“古尔浪哇”的简称，意为黄羊出没的地方。但由于土地荒漠化严重，生活在这里的人几十年都没见过黄羊。随着治沙成效越来越显著，黄羊的身影重新出现在这片土地上。

除了黄羊，金雕、野兔、野猪等野生动物也时常出没在附近沙漠，封禁保护区变成了动物乐园。

1999年，甘肃省绿化委员会、甘肃省林业厅、中共古浪县委、古浪县人民政府为“六老汉”和郭万刚在八步沙林场树碑记功。2019年3月，“六老汉”三代治沙群体被授予“时代楷模”荣誉称号。

个人敢做梦，时代能圆梦。郭万刚哥儿几个曾做过一张名片，背后是一幅绿茵茵的生态家园图：山岳染绿，花木点点，雁阵轻翔。这正是他们不懈追求的美丽梦想。

（摘自《读者》2020年第2期）

她倾尽所有给了山里女孩一个大世界

邢 星 魏 倩 程 路

“张桂梅”的名字和她的事迹传遍了大江南北，这位“奇迹校长”让1000多名女孩考上大学走出大山。

女学生读着读着就不见了

那是大约20年前的一天。山路边坐着一个十三四岁的小姑娘，她手里拿着镰刀，身边放着一个破草筐，呆呆地望着另一座山头。张桂梅看见了，走过去问她：“你怎么了？”女孩回答：“我想读书，但是家里没钱，给我订婚了，收了彩礼要让我嫁人。”张桂梅找到女孩的父母试着劝返，说：“你们只要把孩子交给我就行，学费、生活费都不用你们管了。”可即使这样，女孩的母亲仍坚决不同意孩子回校读书，甚至以死相逼。张桂梅无奈，只好把女孩留了下来。

怎么样才能救救这样的女孩子呢？这个难题久久萦绕在张桂梅心头。

当时的张桂梅，已经是云南省丽江市华坪县出了名的“好老师”，还兼任华坪县儿童福利院（华坪儿童之家）的院长，是数十名孤儿的“妈妈”。

当老师，张桂梅发现“女学生读着读着就不见了”。她们不读书的理由多种多样：为了给弟弟交学费，姐姐被父母勒令退学回家干农活或外出打工；因为收了彩礼，十几岁的小姑娘也要准备嫁人了。

“培养一个女孩，最少可以影响三代人。如果能培养有文化、有责任的母亲，大山里的孩子就不会辍学，更不会成为孤儿。”一个现在看来依然有些“疯狂”的想法在张桂梅心中越来越清晰：“我想为这些大山里的女孩建一所免费的高中！”

为了这个“疯狂”的梦想，她开始四处奔走筹款，风吹雨淋，被冷落，被唾骂，却只筹得一两万元。直到2007年，张桂梅当选党的十七大代表，赴京参会期间，一篇题为《我有一个梦想》的采访报道让更多人理解了张桂梅的梦想。

2008年，在中央和各级政府以及社会爱心人士的支持下，华坪女子高级中学（简称华坪女高）正式挂牌成立。这是全国第一所全免费的女子高中。

华坪女高首届共招生100人。她们大都来自山区，多数没有达到普通高中录取分数线，还有一些孤儿、残疾学生、单亲家庭学生、父母残疾的学生和下岗职工子女。但只要是女孩，只要还想上学，华坪女高都向她们敞开怀抱。三年后，她们中有96人坚持到最后参加高考，全部考上了大学。自2011年有首届毕业生以来，学校综合排名连续10年位列丽江市一区四县榜首。

华坪女高的时间是以分钟计算的：早上5分钟洗漱完毕，10分钟早读到位，出操1分钟站好队，学生出入教学楼、去食堂、回宿舍几乎都是跑着的。

张桂梅比学生起得早，一个人摸黑爬四楼，把走廊的灯全部点亮；学生跑步的时候，她就在队列边紧紧跟随；学生打扫校园时，她已经第一个来到校门口，拿着扫把和铲子等候。她还总是举着小喇叭喊："快点儿，快点儿！别掉队！磨蹭什么？"

为什么要把学生在校时间安排得这么满、这么紧？张桂梅说："必须用一个更大的世界，一种更广阔的精神，将女孩们的心灵充实起来。"

华坪女高学生普遍入学基础差，高中不仅要学新知识，还要补之前落下的课；更重要的是，必须让她们知道什么是文明，什么是先进，什么又是现代化。用三年时间完成这一切，不多付出一些、不严厉一些能行吗？

于是，张桂梅不得不变成"爱骂人的张校长"。10分钟早读到位，5分钟打扫校园，她用一个个严苛的要求，改变着这些女孩的生活习惯和生活态度。

但华坪女高的学习生活时间安排得再紧张，也从不占用音乐课，与一般高中相比，学生唱歌、跳舞的时间还要多很多。

每天上午10点，是华坪女高雷打不动的红色课间操时间。20分钟里，孩子们先集体背诵《七绝·为女民兵题照》，再唱一些革命歌，跳一些健身舞。2020年，张桂梅听说城里的孩子都在跳"鬼步舞"，也让女高的学生也学着跳："'鬼步舞'有一个好处就是快，'快'对她们有帮助，可以提精神。"

回忆起在华坪女高唱过的歌，华坪女高首届毕业生黄付燕说："那时候日子是苦的，精神是满的。"

山里的女孩也能走进最好的学校。办学十多年来，华坪女高已经把上千名毕业生送进大学。她们之中有些是由厌学、贫困、偏远而造成的辍学生和落榜生；她们之中有人只因为是女孩，从出生到长大，爷爷奶奶从没与她说过一句话。但如今，她们考入了四川大学、武汉大学、厦门大学、浙江大学等知名学府，她们读研、读博，在各自的工作岗位上闪闪发光。

她每年都在鼓励女孩们考上更好的学校，她对这些女孩有更高的期待："我对她们的期望是什么呢？不是一定要考上名牌大学。我希望她们变得更强，有能力去帮助那些需要帮助的人。"

一个人真的可以做到"无私无我"吗?

在华坪，张桂梅的"抠门"是出了名的。她吃得异常简单，很多时候一杯水就着一个饼就是一餐；用的、穿的也极为简朴，衣服常年就那几件；办学也精打细算，教学楼的水闸只在学生用水的课间才开，没人使用的教室、办公室一定关着灯。

张桂梅的慷慨更出名。2003年，昆明市总工会捐给她两万元用于治病，这笔钱她用到了学生身上；2006年，张桂梅获得云南省首届"兴滇人才"奖，刚刚从昆明领奖回来，她就把30万元奖金一次性全部捐给了华坪县丁王民族小学作为建教学楼之用；2007年，张桂梅当选党的十七大代表，华坪县委给了她7000元制装费让她买一套像样的西服，她却用这笔钱给学校买了一台电脑。工作数十年，张桂梅的名下几乎没有任何财产，工资、奖金和社会各界捐助她治病的100多万元都投入了教育事业。

一个人真的可以做到"无私无我"吗？

要知道，张桂梅忘我工作的同时，还在忍受着常人无法承受的病痛：

骨瘤、肺纤维化、小脑萎缩……23种疾病缠身，数次病危入院治疗。2019年年初，张桂梅在住院期间，华坪县县领导赶来医院看她。醒来后，张桂梅拉着领导的手问：“我情况不太好，能不能让民政部门把丧葬费提前给我，我想看着这笔钱用在孩子们身上。”

华坪女高让这些山区的女孩“进得来”，如何“留得住”是张桂梅面临的一大难题。她提出用“家访”代替家长会，既可减轻贫困家庭和家长从山区往来学校的负担，又可以深入学生家庭了解问题，解决实际困难。

如果能够深深地、细细地了解下去就会发现，华坪女高一些表面上很难理解的教育细节其实背后自有深意——扶贫的路只有真正走下去，才知道什么是张桂梅所说的教育的因地制宜。

有一个学生的家在山顶上，仅有一条半米宽不到的山路相通，路的一边就是万丈悬崖，可这却是学生每个周末、每次放假都要往返的路。张桂梅又心疼又生气地问学生：“这么危险，你回来干什么？”女孩低着头淡淡地说：“张老师，放假了我不回家上哪儿去啊？”

这句话让张桂梅难过了一个星期，她决定：把两天周末假期改为每周日下午放半天假。外面的人都不理解，批评张桂梅“搞应试教育”，就连学校教师也不理解。张桂梅悄悄地做工作：“我们的学生大都是山里的孩子，放了假学校不让待，回家又会增加路途中的危险。如果只放半天假，孩子们出去逛一逛还可以回来，既省钱又确保了安全。”

家访路上，张桂梅给学生家里捐过钱、送过衣，帮忙修路、建水窖、调解纠纷、发展产业；她迷过路、发过高烧、摔断过肋骨、旧病复发晕倒在路上，几乎每次家访完都要大病一场。说到底，这一切是为了孩子，为了孩子的教育。

自2008年华坪女高成立以来，这条家访路张桂梅一走就是几十年，几乎覆盖全体学生，足迹遍布丽江市，行程近11万公里——这更是一个个教育扶贫的“最后一公里”。

“扶贫要扶志，要让贫困家庭的精神起来才行，有一种追求、一种希望。孩子能够真正唤起他们积极生活的希望。”张桂梅说。

华坪女高结对扶贫的家庭有六家。张桂梅去送扶贫款，有一家怎么都叫不开门。她看见旁边一个戴着红领巾的小男孩，是这家的孩子，就让他把附近同龄的孩子都叫过来。张桂梅领着几个孩子一起唱《我们是共产主义接班人》，“在那大山里，歌声飘出很远很远”。张桂梅对孩子的父母说：“你们的儿子这么优秀，不但会唱歌，还会学习，你们怎么能整天躲在家里？快把钱拿着，好好地供儿子读书。”后来，这家人真的开始做事了，栽上了给他们的扶贫杧果苗，一年下来家里挣了4万多块钱，因为他们看见希望了。

孩子是山里人的希望，教育也是一种希望。张桂梅说，教育扶贫比经济扶贫更彻底，更有力量。

“让山里的女孩能够通过读书走出大山，是摆脱贫困、改变命运最好的途径。女孩子受教育可以改变三代人，解决低素质母亲与低素质孩子之间的恶性循环。”张桂梅说，“实际上不只是三代人，而是直接阻断了贫困代际传递，让山里人的命运从根本上得到改变。”

有人说我爱岗敬业，有人说我疯了

“有人说我爱岗敬业，有人说我疯了。一个重病的人，为什么浑身有病却不死，比一个正常人还苦得起？因为我有追求和信念，有一种精神支撑着我，那就是共产党人的理想和信仰。”张桂梅校长的话掷地有声。

1996年8月，张桂梅从云南省大理市喜洲镇调入偏远的丽江市华坪县任教。当时，她的爱人刚因病去世不久，为了给丈夫治病，她花光了家里的积蓄，尝尽了世态炎凉。

可刚到华坪一年，张桂梅又查出患有子宫肌瘤，需要立即住院治疗，为了不影响初三毕业班的教学进度，张桂梅带病上课，直到中考结束，才把患病的事告诉学校。张桂梅没想到，得知她生病后，学生和家长都送来了关心，华坪县妇联更发动全县为她捐款。

“这些真诚的关爱和无私的帮助，让我感受到人情的温暖，给我生命注入了一股股巨大的暖流，使我的热血奔腾了起来，点燃了我活下去的愿望和信心。”张桂梅说。1998年4月，张桂梅光荣加入中国共产党。

华坪女高办学之初，条件极其艰苦。不到半年，第一批进校的17名教职工走了9个，学校教学工作几近瘫痪。这所学校还能办下去吗？张桂梅在翻看着教师资料时突然眼前一亮：留下的8名教师中6名是党员！

“只要党组织在，只要党员带头干，学校就不会垮！”张桂梅迅速把6名党员教师组织起来，建立党支部，重温入党誓词，大家眼里泛着泪，紧握右拳向党旗保证：一定要把女子高中办好！一定要把大山里的女孩送入大学！

什么力量可以让人不断突破自我，实现超越？

张桂梅提出以“党建统领教学”，开创“五个一”党性常规活动，并一直坚持下来：全体党员一律佩戴党徽上班、每周重温一次入党誓词、每周唱一支革命歌曲、每周观看一部具有教育意义的影片并写观后感交流、每周组织一次理论学习，有效凝聚和壮大了教师队伍力量。

张桂梅一边嚷着“缺老师”，一边坚定地说：“女子高中的底子已经打好了，将来接班人只要是党员，只要有这种忘我、无私的精神，那肯定比我干得好，共产党员肯定一代更比一代强。”

对学生，华坪女高也花大力气开展党性教育。张桂梅提出了“革命传统立校，红色文化育人”的教育理念。如今，一走进女高操场，远远地就会被“共产党人顶天立地代代相传”几个巨幅红字锁住目光，校园里随处可见长征精神、雷锋精神等革命传统宣传组画。

时代在变，这样的教育会不会过时了？

“唱国歌是什么状态，唱《英雄赞歌》是什么状态，它是提精神的，那是魂啊，学校要把这种‘魂’立起来。”张桂梅说：“对学生进行红色教育很有必要，我们党的优良传统不能丢，艰苦奋斗、自力更生的精神不能丢，在学生心中埋下红色教育的种子很重要。我就是要为党培养合格的社会主义建设者和接班人，首先信仰要坚定，必须信仰共产主义，要记住为人民服务的宗旨，要忠诚于党。我希望女子高中的孩子出去就变成星星之火，像毛主席说的长成燎原之势。”

（摘自《读者·庆祝中国共产党成立100周年特刊》）

教育的水平线

程盟超

这近乎两条教育的平行线。

一条线是，去年成都七中30多人被加州大学伯克利分校等国外名校录取，70多人考进清华、北大，一本上线率超过九成。

另一条线是，中国贫困地区的248所高中，师生是周边大城市“挑剩下的”，曾有学校考上一本高校的人数仅为个位数。

直播改变了这两条线。200多所学校，全天候跟随成都七中平行班直播，一起上课、做作业、考试。有的学校出了省状元，有的本科升学率涨了几倍、十几倍——即使网课在城市早已流行，这还是令我惊讶。

开设直播班的东方闻道网校负责人王红接说，16年来，有7.2万名学生——他们称之为“远端”，跟随成都七中走完了高中3年。其中88人考上北大、清华，其余大多数成功考取了本科。

1

为了验证他的说法，2018年11月，我分别到了直播的两端——成都七中和近千公里外的云南省禄劝第一中学。

在车水马龙的成都市武侯区，成都七中林荫校区安静矗立了50多年。那里的学生无论上课下课，总热衷于讨论问题。他们被允许携带手机和平板电脑，用来接收教辅资料。当老师展示重要知识点时，学生齐刷刷地用它们拍照。

但在禄劝一中，有的学生会突然站起来，走到教室后面听课。不用问，我也知道他们太困了——即使站着，有的人也忍不住打哈欠，也有人趴着睡觉。高一新生中有很多人盯着屏幕却不知所措。屏幕那端，热情洋溢的七中老师提出了问题，七中的学生七嘴八舌地回答。可这一端，只有寂静。

禄劝一中的校长刘正德坦言，禄劝的中考录取线是385分，比昆明市区最差的学校还低大约100分——能去昆明的都去昆明了。

县教育局局长王开富告诉我，在这个90%是山区、距离昆明只有几十公里的国家级贫困县，十几年前，"送昆明"形成攀比之风。

"没想到我这么差。"和禄劝一中高一女生王艺涵聊了两个小时，这句话她重复了6遍。她是镇里中考的第一名，还曾是数学课代表。但这次期中考试，用的是成都七中的试卷，除了语文，其他科她都没及格。

她说现在的英语课，除了课前3分钟的英文歌，其他的完全听不懂。

据说高一上学期，不单禄劝，大部分直播班的学生完全跟不上七中的进度。七中连续3节的英语课让山区的学生一头雾水——一节讲英文报纸，一节是外教授课，一节听演讲，都是全英文。

2

禄劝的老师跟我抱怨：大多数学生的父母在外务工，只会说“好好学”。有的孩子出了问题，班主任反复致电，家长就是不来；还有家长在电话里直说，孩子就不是学习的料。

据说2018年考上北大的那名学生，两岁时便成了留守儿童，跟爷爷奶奶一起生活。直到大学快开学，班主任才第一次见到前来致谢的学生父母，开始还想埋怨父母不够关心孩子，后来一看，当爹的手指已累成残疾——手指伸不直。两口子在福建给人杀鱼，一个月赚5000元。

落差确实存在。成都七中的大部分孩子来自家境优渥的中产家庭，家长要花很多时间为学生规划学习和课余生活，甚至帮他们争取和“诺奖”获得者对话的机会。

我在成都七中随机听了几堂课，几乎都是公开课水准。语文老师讲以“规则”为主题的议论文，先播放重庆坠江公交车的视频，然后让学生自行讨论、发言；谈及秋天的诗歌，旁征博引，列举了五六种与秋天有关的意象；历史老师搜集大量课本上没有的史料分享给学生；政治课紧追热点，刚建好的港珠澳大桥已成了课堂练习的分析材料。

王红接刚把直播课引入一些学校时，遇到老师撕书抗议。有些老师自感被瞧不起，于是消极应对，上课很久后才进教室，甚至整周请假，让学生自己看直播。

远端的孩子透过屏幕，感受着这些差距。禄劝的很多学生至今没出过县城，却听着七中学生的课堂发言“游览”了英国、美国，“围观”七中学生用自己闻所未闻的材料去分析政、史、地。

3

一块屏幕带来了想象不到的震荡。禄劝一中的老师说，高一班里总是充满哭声——小考完有人哭，大考完哭的人更多。虽然早就预告了七中试题的高难度，但突然把同龄人间的差距撕开看，还是很残忍。

老师帮着学生们调整心态，除了“灌鸡汤”，还安慰学生——只要熬过高一，成绩就会突飞猛进。

恐怕在高一，禄劝一中也没几个学生敢考虑北大。2006年，刘正德刚到禄劝一中当校长时，学校当年计划招6个班，结果只凑齐4个班。学校一年有20多个学生考上一本，很多家长把孩子送来，要求很简单——平安活着。

我与王艺涵谈理想，她觉得没什么用。如今班里要求学生写下理想大学贴在墙上，她就跟风填了浙大，虽然她完全不觉得自己能考上。

成都和禄劝的老师都说，只知道“好好学习”不够。没有明确的志向，为了学习而学习，很容易动力不足。但对于没成年的孩子，“立志”这码事，全依仗环境。

我知道，农村的孩子不是没有志向，只是更现实，和城里人挂在嘴边的“高大上”的玩意儿不同。

2018年夏天，有个云南男孩在工地上收到了北大录取通知书，走红一时。我奔波几千公里找他聊了聊，得知他父亲3年前得了肾结石，自以为是绝症，打算见儿子最后一面就放弃治疗，却意外在如厕时忍着剧痛把结石排了出来。男孩知道这件事后，有了学习的动力。

有人指责农村孩子没有志向，他们恐怕没见识过那种普遍的、近乎荒诞的闭塞。我曾遇到一个农村女孩被大学录取却不知道这所学校一年的学费要上万元——最终她失学了。还有一个理科生，为了成为所在高中的首个北大学生，被高中老师鼓励，稀里糊涂填报了一个冷门的小语种专业。他大学时成绩很不理想，毕竟，“我之前都不知道地球上还有这个国家”。

我把这些事分享给禄劝的学生，他们听后都沉默了。

王红接希望学生们看到外面的世界，给他们目标，让他们看到更多的可能，产生焦虑，从而击碎他们的惰性。然后，只需做一件事：重建。

4

直播带来压力，也带来动力。七中考完试，老师们彻夜批改、分析上百份试卷，第二天就讲评。很多地方老师提出这些工作要一周才能完成。但现在他们必须跟上，整个教学节奏也紧凑了。

崭新的教学方法冲击着这些老师。

老师们琢磨出一些方法，比如提前整理七中老师发送的课件，编成学案，布置成前一晚的作业让学生预习；课上盯着学生的表情，记录下有疑问的地方，以便课后补讲；屏幕那端偶有间隙，可以见缝插针给学生解释几句。

为跟上进度，禄劝一中把部分周末和平日直到23点的自习安排了课程，帮学生查漏补缺。有的老师连上20个晚自习。

“每天深夜1点到家，6点去学校，在家只能睡个觉。”一位老师说，自己6岁的孩子，每周只有半天能见到爹。

“真的累。觉得自己这么穷，每天忙啥呢？”有老师嘟囔着，但下一秒话头一转，“唯独上课不觉得累。一看到学生，讲话声就大了起来。”

一位年轻的数学老师戏称，自己有好几重“人格”。为让学生没有违和感，当七中的直播老师严肃，他助教时就严肃；下一节老师幽默，他就开朗些。

“再去其他班，也能教好。”县教育局局长王开富说，一大拨儿年轻老师被直播课培养了出来。

“什么是幸福？就是得天下英才教育之。”一位谢顶、穿着旧衣裳的中年男教师，坐在小椅子上说这话，我却丝毫不觉得可笑。

5

禄劝一中主教学楼的大厅里有排玻璃橱窗，今年张贴的是：全县中考前257名学生报考昆明学校就读，在生源严重流失的情况下，我校1230名学生，二本上线634人，一本上线147人。他们甚至特意加粗了一行字：低进高出，我们从不放弃。

这里面有暗自较劲——和昆明比，也和成都比。

网校会定期招募远端学生去七中借读一周。禄劝一中的几名学生去“留学”时，被同学们安排了任务——观察“天才”们的生活。此前他们听说，七中的孩子平时不熬夜，下课后还能去逛街。

两天后，七中学生中午留在班里上自习的小视频被传回。禄劝一中的学生感慨：“天才”不仅勤奋，也很刻苦。

如何追赶“天才”？只能比他们更刻苦。

在禄劝一中，直播班的大部分孩子在3年里，每天只睡四五个小时。一位班主任站在“为理想和尊严而战”的鲜红标语下叹着气告诉我，他的一项工作是凌晨来教室，把那些还在学习的学生抓回寝室。

这所学校不乏苦学的故事：一个年级排名第一的学生得了阑尾炎，动完手术第三天就要来考试；还有同学为节省时间，不吃饭，最后快得厌食症了。

你可以说这样的苦读很不科学，但在这儿，一个穷地方，改变就这样发生了。3年的漫长竞赛，他们一步步追了上来：高一勉强及格，高二渐渐从100分，上升到110、120……现在，满分150分，有人能拿到140分。

王红接观察了16年，最后得出结论：不要觉得偏远地区的孩子基础差，他们潜力无限。

这出乎我的意料。我曾经认为，9年义务教育外加环境的巨大差距，很难在3年内弥补。但禄劝的老师笃定地说，他们高一的单科平均分，和七中平行班差50分；到高三，最好时仅差6分——可塑性和希望都存在。

我能感受到的是习惯的改变。高三两名学生说，经过3年的学习，他们早已知道预习和复习，有时自己取舍作业，提高效率，在课间有针对性地做题。

屏幕里，七中老师总说："预习是掌握主动权，是为了和老师平等地交流。"

一位远端老师发觉，学生跟随直播上课后，愈发爱提问题，午饭时教师办公室总挤满了人。有的老师买了饭，却进不了教室，只能在走廊里站着吃。

6

两边孩子的差距到底有多大，老师一开始也没底。

禄劝的老师说，听直播课时，成都那边的老师有时会突然关掉麦克风，嘴里却飞快地念叨。他开始以为是在藏掖知识点，后来才知道，那是在用四川话骂人，骂学生调皮、不扎实、不做作业。

他一下释然了："原来七中的老师也骂人。"

我和成都七中直播班的几名学生聊了聊，发现他们不乏同龄学生的普遍烦恼。一个男生说，入学头一个月，答题时想到上万人在看直播，他紧张得手心冒汗。

有七中的学生在班级交流区里写道："我希望有三只手，一手抓高考，一手忙竞赛，一手握生活。"

在禄劝这边，几乎每个学生都能叫出几个他们"崇拜"的七中学生的名字。

禄劝一位班主任好几次看到学生给七中的孩子写信，但从未阻止。他觉得自己的学生享受不到优渥的条件，多和优秀的同龄人接触，至少能多几分动力。

七中任课老师有时会特意将远端优秀的作业拿到本班展示，直播给上万名学生看。一位老师记得，她曾在班上直播了云南山区一个女生的作业。后来听说，那个班所有学生当场都激动地哭了，接下来一个月全在拼命学习。

去成都交流后，禄劝的几名"留学生"也感慨良多，回来后在班会上讲了4个多小时。最主要的内容是，七中的学生更有目的性，知道为何而学。人家早就有了感兴趣的专业，甚至对人生有了规划。

一些禄劝的老师得到启发，高一就给学生发志愿填报手册，教他们向前看。

7

曾经有北大的农村学生告诉我，中学时她听朋友讨论麦当劳、肯德基，被人问牙不整齐为什么不矫正，只能低头沉默；到了北大，同学们说起自己在洛杉矶、旧金山，或者世界各地度假的经历，她还是插不上话。

禄劝今年考上清华的那名学生说，他要继续熬夜才能跟上进度。

但我也看到了乐观的一面。有位考上西安交大的山区女生说，她在大学出演了话剧，是因为直播班组织过情景剧表演；在大学成绩不错，也多亏在高中养成的好习惯。

更长远的影响可能还在山沟里。王开富和刘正德十几年前合计着推行直播班，经费不够，硬着头皮上。

十几年后，这届高一，12名已经被昆明市区学校录取的学生，开学后主动申请转回禄劝。十几年来，小城第一次迎来生源回流。

“如果凋敝的学校总是没有起色，学生一入学就能看到3年后的结局，那他和他的家庭，都会自暴自弃。”王红接说。几年前，四川一位贫困县的干部曾拜访他。那个身高超过1.8米的壮汉几乎哭着说，县里教育环境改善后，生源回来了，跟着学生出去的家长也回来了，整个县城又有了人气，房价都涨了。

王开富给我展示了一组世界银行的数据：高中毕业人群的贫困发生率只有2.5%。据他说，禄劝县的年财政收入为6.1亿元，但县里、市里都注资教育，使得全县教育支出反超财政总收入3.5亿元。用了多年时间，实现了高中阶段教育全部免费，毛入学率达90% 以上。“在我们这样的贫困县，投资教育，是防止贫困代际传递最好的办法。”王开富说。

所以，如何看待教育？它可能是先苦后甜，有付出才有回报。

但我也相信，直播班的故事，还依仗于某些额外的善意。一如某位七中老师在结束分享，离开远端学校时，一转头，发现全校学生，乌压压一片，全站在各自教室的窗前，和他挥手告别——无论是通过直播或录播，他们都听过他的课。

他愣住了，然后开始流泪。他从未想象过自己能有那么多学生。“好几百人，可能要上千……”

负责网校的王红接和我说起这事儿。“你知道吗？这个学校，其实只交了一份开通直播班的钱。”他笑着说，他早就知道学校其他班都在“偷录”直播，各自播放。“但没关系。所有人都很开心。”

（摘自《读者》2019年第4期）

打在乡村教育上的一块“补丁”

胡　宁

很多年后，有人替叶连平算过一笔账。如果收取补课费，凭他教过上千名学生，他已经是个富翁了。

这位现年91岁的退休教师，仍住在安徽省马鞍山市和县乌江镇的卜陈村，房子只有一间半，是那种昏暗的旧平房。过去18年里，这里是他的家，也是他的教室。

从2000年起，叶连平每天辅导村里的孩子课后学习，后来还利用周末开办英语补习班。英语是这些孩子共同的短板，很多人因为英语成绩太差影响了升学。

这些孩子学习英语具有天然的劣势——村里越来越多的人选择外出打工，很多孩子由祖父母照看，而祖父母们有的连汉字都不认识。

一

叶连平的课堂原本是他发挥余热的地方。他最初只是招揽孩子们到自己家里写作业。他用一块木板拿墨汁一涂，挂在门上，就是黑板。教具也是他自制的。

自1978年年底成为一名教师以来，40年间他目睹曾经上过课的学校流失了7名英语教师。由于早些年曾在南京国民政府时期的美国驻华使馆待过，叶连平练就了一口流利的英语。在他看来，英语科目补课是当务之急。

根据教育部公布的统计数据，2010年至2013年，乡村教师数量由472.95万下降至330.45万，流失率达30%。

教师“下不来”“留不住”“教不好”，成为乡村教育的难题。

1991年退休后，叶连平就像块“补丁”一样，在乡村教育体系这个显眼的缺口上代课。周边学校哪位老师生病了、临产了，他便前去代课，短则几天，长则3年。

1995年，叶老师到离家近30公里的县办中学代课。那个原本几乎“垮台”的班级，硬是被叶连平挽救了——他在下班后跑了整整45天，把旷课的28个学生一个个拉回教室。毕业那年，这个班级的中考成绩优于平行班级。不过，叶连平久未归家，以致家中失窃。最终他谢绝了那所中学的挽留。

虽然他自称“没有我地球照样转”，但是至少在他的村庄，“叶连平”是一个意义重大的名字。

因拆迁或外出打工，彻底告别村庄的人越来越多。叶连平任教过的卜陈学校，学生规模已经从鼎盛时期的超过千人，到现在的9个年级都是单班制，总计200多人。

还留在村里的孩子，很多都在为自己的未来焦虑。一名小学五年级的女生为转走的小伙伴所描述的学校吸引着。她说，不喜欢一放学就往县城家里跑的老师。只有叶老师会风雨无阻地在村里等着她。

叶连平不收费、教得好的名声慢慢传开。每到学校放学，他家里那些高矮不一的桌子和板凳上就挤满了孩子。人最多的时候，孩子们戏称，为了去一趟厕所，“要翻两座喜马拉雅山”。

2010年，乌江镇政府出资将叶连平家对面的两间仓库改造成教室和图书室，有企业家捐赠了60套桌椅，孩子们上课的环境才改善了许多。

7年前，这里还挂上了“留守未成年人之家”的牌子。当初的两个英语班，也发展成从扫盲班到高级班的4个班级。暑期有多所高校组织志愿者来支教，2018年，参加暑期班的孩子达到165人。平时也有70多人在这里补习。生源不仅有本村的学生，还有来自周边村镇的，甚至有县城的孩子慕名而来。

二

叶连平没有子女，除去和妻子吃饭的基本开销，他的钱几乎都花在了学生身上。买教材、买练习本、打印试卷，都由他出资。遇到特别困难的学生，他经常拿出自己的钱，并四处筹集资金，帮这个孩子买一辆电动车，帮那个孩子筹一笔学费。

对他而言，每个月3000多元的退休工资足以维持生计。但他身上经常穿的是十几年前的已经磨破的上衣和打了补丁的裤子，只要整洁，他不觉得有什么难堪。为了省钱，他会骑车去几里地之外买菜。到南京去买书时，他甚至连一元钱的瓶装水都没舍得买。

但为了孩子，他每年花几千元包车，带孩子们前往南京、合肥，参观侵华日军南京大屠杀遇难同胞纪念馆、雨花台、科技馆，还带他们到和县西梁山烈士陵园扫墓，让孩子们了解历史，增长见识。

从2012年起，叶连平拿出自己的2.1万元积蓄，连同当地政府和社会力量的捐资，设立了一笔奖学金，迄今受益者超过百人。

他当年四处代课领到的报酬，都被他捐给了那些他曾短暂服务过的学校。这些钱有的变成了手风琴，有的变成了校园里的小树苗。

并非所有人都领他的情。有人骂他是“老甩拐”（当地话里“老二百五”的意思），还有的老师嫌他“抢生意”。

和县县委宣传部电教中心主任王小四曾用很长时间拍摄叶连平的纪录片。几年前，他不经意间拍摄到一个场面：五六百米开外，正在教室外玩耍的小学生，隔很远看到了叶连平。孩子们一股脑儿都跑了过来，“叶老师”“叶老师”的呼唤声此起彼伏。而叶连平只是连声答应着，摸摸这个的头，提醒那个擦擦鼻涕，笑眯眯地又把孩子们赶回教室。是什么让这么多孩子对只代过几堂课的老人家产生如此的亲切感?

年纪越大，叶连平就越着急。每周一一大早，他就急着批改周末刚刚留下的作业。几年前做颅脑手术，术后第四天他就急着出院。他的那辆老自行车，被他称为“风火轮”。中秋节去拜访他的学生一拨儿接一拨儿，他只能跟学生们聊几句，不留吃、不留喝，紧赶慢赶地改作业、备课。

叶连平认为，自己的着急、用心，很大程度上源于一种“遗憾”。因为少年时期在使馆生活，他学会了英语，见到了司徒雷登等大人物。但是，正是这段经历，在后来的政治运动中，让他陷入百口莫辩的境地。1955年到1978年，他的人生被耽误了23年。

对他来说，上学是再珍贵不过的机会。曾经因为“困难到连饭都吃不上”，叶连平从上海南苏中学辍学。当时，他的老师哭着送这名班上的优秀学生离开。

如果不是1978年村里原本的老师考上大学，偶然间出现了空缺，也许叶连平一辈子也没有机会成为教师。

在叶连平心中，教师这份工作的美是“什么工作都比不上的”。“下辈子我还当教师，我还没过足瘾。”

他无法忘记当猪倌、种地、做工的那20多年。“怎么干也弥补不了了。”叶连平用苍老的声音轻轻说。

退休那天，接到退休通知的叶连平趴在桌子上哭了一场。

他把遗憾和珍惜倾注在学生身上。由于叶连平的家距离学校很近，多年来，很多学生都在他家借住过。很多学生生病时，都接受过叶老师骑车送来的药。

叶连平的教育方式在一些学生身上留下了深刻印记。

如今已在县城重点高中就读的女生萍萍成绩一直很好，有一次生病，她忘了向补习班请假，叶连平还严厉批评了她。萍萍印象最深的是叶老师带他们去合肥的那3天。她第一次吃了酒店的自助餐，第一次看机器人踢足球，第一次看到奇怪的钢丝床。此前，她从没出过远门，更不知道村外的世界是怎样的。

萍萍的父母从她一岁起就长年累月在外打工。萍萍跟有腿疾的奶奶一起生活。那时，她时常感到孤独，叶连平成了她最大的安慰。每次放学，她最喜欢跟几个小伙伴一起去教室看叶老师备课。周末到了，萍萍最爱的不是在家看电视，而是到图书室去，看上一整天书。农村家庭大都没什么藏书，那间图书室的书几乎被村里的孩子翻烂了。

对萍萍这样的孩子来说，香港这个繁华都市原本是一个遥远而未知的概念。但是香港大学学生来支教的那个暑假过后，她一直记得那个穿着水粉色半袖衫、牛仔短裤的漂亮姐姐，她带着学生们看英文电影，唱歌，玩词语接龙。看到那位小老师时，萍萍第一次告诉自己：我要去大城市发展。

三

有一次，叶连平收拾教室时发现了一个本子，上面有一幅画被爱心、太阳和小花填满。孩子在画里写着："爸爸妈妈，如果你们爱我，就多多的（地）陪倍（陪）我！如果你们爱我，就多多的（地）抱抱我！陪陪我，夸夸我，亲亲我，抱抱我。爸爸妈妈最爱我，但我不明白，爱是什么？"叶连平把这幅画保存下来，等到上面的领导来卜陈村的时候，他便让领导看看，让领导感受一下留守孩子心里的期待。

在叶连平看来，当下学校教育对"智"的重视远超过对"德"的重视。2018年，他自掏腰包印了2000张新版《中小学生守则》，分发给附近的学校。他最担忧的是留守未成年人在家里被爷爷奶奶溺爱——"爱超支了，该减减肥了。"

叶连平从小事开始要求这些孩子。比如进门和出门的时候，孩子们必须跟老师问好、告别。他还要求孩子们回家也这样对待爷爷奶奶。

更多的时候，教室里只有叶连平一个人。只要不是周末，白天教室里大都空荡荡的，不时传出他的叹气声。批改作业需要整整两天，有时看着满眼的红叉叉，他皱着眉头，嘴里发出没有听众的批评。

在一次脑溢血和一次撞车事故之后，时间终于显示了它的威力——叶连平的衰老加速了。他的耳朵能听清的句子越来越少，他的"风火轮"

也慢了下来，他终于像一个老人那样行动了。

前一阵子，新电脑刚搬到“留守未成年人之家”时，一个小学生问他会不会用电脑，他听不清。小男孩连吼了几遍，叶连平才听清个大概，回复说：“我不会弄那个玩意儿！”但当他发现孩子们总是围在电脑边上，叶连平又赶紧找人，想把这些电脑搬走。

如今，叶连平最担心的便是自己的“接班人”问题。卜陈学校校长居平树曾跟退休教师征求过意见，也与有关部门探讨过“接班人”问题，但还没有答案。“这么多年，叶老师全身心义务投入，还倒贴钱，他的高度太高了，别人很怕做不到他这样。”

“我有积极性是因为我的时间太少了，我什么时候倒下还不知道。”叶连平说。在村里办丧事的一个日子里，91岁的叶连平和着窗外的鞭炮声，对来人说：“今早出殡的老头儿，一家几个子孙都是我的学生。他84岁，死了。”

（摘自《读者》2019年第2期）

“三好生”

陈庆苞

上小学的时候，从一年级到五年级，他从未当过“三好生”，也从未想过当“三好生”，尽管他成绩不错，表现也很好。

村子很偏僻，村子的东北方向有一个军营，军营子女就成了学校里的一个特殊群体。他们比农家子弟“得宠”。村里的孩子只要不是很出色，很难引起老师的注意。他那时很自卑。

五年级临放寒假时，学校照例在小操场上召开表彰会，“三好生”上台领奖往往是表彰会的高潮。校长在上面讲话，学生在下面说话，老师在后面吸烟，整个操场乱哄哄的什么也听不见，他坐在下面低着头想自己的心事。

“要发奖了！”有人喊了一声，同学们的目光都聚到主席台上。被喊到的大都是军官子女，他很羡慕他们。当然仅仅是羡慕，即使夜里做一百零八个梦也不会梦见自己当“三好生”，他觉得“三好生”不是他这种人当的。直到旁边的“大棍”用胳膊肘捣他，“快！校长喊你到台上领奖，你是‘三好生’啦！”福星真的照到了自己的头上。他简直不知道该怎么办才好，激动得不知所措。

“快去呀！”旁边的几个人叫道。

就这样，在小学临近毕业的那个学期，他第一次被评上了“三好生”。

领奖的时候，为了替农家子弟争回些面子，他走得郑重其事。到主席台上，他也像军官子女那样向校长敬了一个标准的少先队队礼。

接下来，就该双手接奖状了。

“你来干什么？”校长的神色奇奇怪怪，脸上没有一丝笑容。

“我来……领奖呀。”他不明白，为什么校长对别的“三好生”笑容可掬，唯独对他冷冰冰的。他有些委屈。

“领什么奖？！”校长一下子暴怒起来，“简直是胡闹！”

他一下子懵了，“不是你喊我来领奖的吗？”

“我叫你来领奖？”校长把“三好生”名单往他面前一递，“你看看，上面连你的名字都没有，我会叫你来领奖？”

他听到身后传来了同学们的笑声。只听“大棍”一边笑一边大声嚷嚷：“哎，他信了！他信了！”

这时他才知道自己被人捉弄了。当着这么多人的面，他无地自容，转身就跑。

他的班主任，一个不苟言笑、做事认真得近乎古板的人，走过来拦住他：“别走，这次‘三好生’有你呀。”

全场一下子静了下来。

班主任走到校长面前："这次'三好生'有他。怎么能没有呢？我明明记得有嘛。"

校长生气地把名单递给他。他仔细地看了两遍，一拍脑门："哎呀，你看我！我写名单的时候把他漏掉了，都怪我！"

校长脸一沉，"胡闹！亏你平时那么认真，也能出这种错！现在怎么收场？"

全场静得出奇。

班主任把上衣口袋里的钢笔拿下来递到他手上："没有奖状和红花了，这个奖给你吧！"班主任平时常穿一件蓝色中山装，上衣口袋里常常别着一支钢笔，钢笔的挂钩露在外面，在阳光下白灿灿的，常引得学生羡慕不已。要知道，那个时候对一个农村孩子来说，钢笔还是奢侈品啊。

那个寒假，他过得既充实又兴奋。他拥有了第一支钢笔，最主要的是，这支笔代表着一种荣誉，是自己应该得到的奖品。他的自卑感一下子就消失了，从此和"三好生"结下了不解之缘，直到高中毕业，进入大学。

他当时对班主任虽有感激，但更多的是埋怨。埋怨他一时的疏忽让自己在众人面前出了丑。要是领奖那天没有那令人难堪的一幕该有多好！他常这样想，并遗憾万分。从此以后，无论在校内校外，他见了班主任总觉得不自在，尽量躲着走。班主任一笑置之，待他如故。

二十年后，他已是某中学的一位班主任。

一天，他向妻谈起了往事，提到他当年的班主任，那个平时不苟言笑、做事认真得近乎古板的人。

"你说，他那么认真的一个人，怎么能把我漏掉呢？"他感慨道。

妻子笑吟吟地反问道："他那么认真的一个人，怎么能单单把你漏掉呢？亏你现在还是班主任。”

半晌无语。夜半，他披衣而起，两眼含泪，拿起信笺……

（摘自《读者》2003年第20期）

奶奶是个哲学家

陈　果

1

如果有人非要问我历史学得如何，我的回答注定让他失望。要是我说我对我和奶奶的交往史吃得最透，接着还正经八百地说奶奶是哲思深厚的大方之家，免不了有人会把大牙笑掉。

我承认历史——甚至“历史”这个词——和我在彼此眼里都很陌生，我也承认这一生里，奶奶的农民身份链条从来没有过一天的断裂。可是，人们得承认，没有一段历史离得开农民的喂养，也得承认，一个农民的哲学范畴，有可能远远超出一亩三分地的边界。

2

我总算明白了。人与人是不同的，人与人之间，就像书桌上的一摞书，高低上下随时可以变换，书桌和书却永远只能固守在自己的位置。

番茄转红了，奶奶挑了几个，让给外太祖母送去；核桃饱满了，奶奶装了一篮，让给外太祖母送去；鸡子变成鸡婆了，奶奶凑了一钵蛋，让给外太祖母送去……那时，外太祖母是我家最年长的老人。

老人住的地方，离我们三四里地。很多时候，奶奶轮番差使她的子孙后代，替她走在回娘家的路上，并在一次次的往复间，强化对血缘的追溯与体认。而我对于这年复一年行走意义的认知更进一层，是在外太祖母有说有笑的面容被一块冰凉的墓碑置换以后。当我再也不能看着老人的小脚因为我们的到来搅动起满屋风云，我终于知道，那条蜿蜒在稻麦荷菽间的小路，不光是连接奶奶与母体的脐带，还是我读到的第一部人生之书。

3

奶奶的八个儿女中有五个"出去"了。"出去"，就是蜕了"农皮"，吃上公粮。要知道，在当年，脸朝黄土背朝天的农民，对自己的命运有多么同情，对有人"出去"的人家就有多么歆羡。

而这只不过是奶奶威望广厦的四梁八柱。让她成为平地高楼的，是几十口人几十年里对她绝对服从、绝不冒犯、绝顶孝顺的自觉自愿。

一个人的权威，是自己苦心营造的还是别人顶礼奉送的，实在有着本质和品质的不同。奶奶的优越感就是这样养成的吧。有一次，她竟对我说：

“如今这日子，给个省长当，我也不舍得换。”

“吃不到葡萄说葡萄酸吧！”挤对她，我才不会客气。

奶奶才不理会我的小肚鸡肠，慢腾腾地说：“你看电视里好多有权有势的人，下面的人当面叫你大人，背后骂你小人，有啥意思？我这个乡巴佬活得倒还实在些——至少，这家子人没哪个对我不是巴心巴肝。”

奶奶接着又说：“人家服你，生产队长也受人尊敬；人家不服，占地再宽，还不是白铁皮一张。”

4

奶奶端坐在八仙桌边，或者斜倚在卧榻之上，我所看到的，从来都是她不怒自威的气度、宽和从容的气场。

还在三四岁时，儿子就已知道，但凡家里有稀罕东西，在孝敬老祖前，是绝不可以碰一下的。他起初也感到委屈，后来就通泰了：没有老的就没有小的；老的没有，小的就不能有。这句话，当然是我告诉他的——我小时候，父亲就是这样告诉我的；自然，父亲小时候，奶奶也是这样对他讲的。

奶奶传给后人一句话，进而顺理成章地从这句话里得到丰厚的回报。还在20世纪八九十年代，奶奶就坐飞机逛过北京，乘轮船游过三峡，搭火车打望过连天碧草、大漠黄沙。多数时候，奶奶留守家中，于是，她的散布在外的子孙的孝心，顺着邮路“四方来朝”，此起彼伏，源源不断。

5

1979年春天，奶奶生了一场大病。病愈归来，她被家里人剥夺了劳动的权利。奶奶到底闲不住，她要忙的事不少，最重要的是和周家幺爷爷一起烧香、念经。

周家幺爷爷是“五保户”。虽是一介女辈，但村中无论老少，均以“周家幺爷爷”相称。奶奶和她一起念的是经书。印象中，蝇头小楷疏朗有致地落在那线装手抄本上，要说内容，却是记不起了。

和周家幺爷爷一样，奶奶其实一个字都不认识。她的记性也说不上好，离开书，不管前三句如何顺畅，第四句准保卡壳。但手一碰到书，那些字酒醒一般，立马就活跃起来。

“为啥不管刮风下雨都要去周家念经呢？”我不明白。

“因为她没儿没女，孤苦伶仃。”奶奶说。

在这件事上，我真有些后知后觉了——每次出门前，除了经书，奶奶总会带上一点别的东西，比如一把挂面，或者几棵白菜。

她接下来的一句话却是我没有想到的：“人老了会眼花，但观音菩萨不会。”

那时少不更事，奶奶的话，我与其说并未在意，不如说并没听懂。直到今天，从时间的回音壁上，我才读懂奶奶话里的话：嘴上念的是一本经，心里念的是另一本经，就算你骗得过自己，总还有一双无迹可寻却又无处不在的眼睛，会把真相看穿，把你看透。

奶奶高格又低调地活着，不知疲惫。

6

土地是叔叔姑姑们跳出“农门”后蜕下的“皮”。爸爸常年和他的小本生意一起在外漂着，东一块西一块的责任田，母亲不得不大包大揽。两个哥哥参军后，我成了母亲唯一可以指望的帮手。喂猪垫圈，洗衣做饭，占据了我一天的大多数时间，而一俟放了农忙假，这些繁复琐碎之事，全然上不得桌面。

所幸“僧多粥少”，村里每个人头上只顶着六七分田地；可恶的是地肥产量高，一亩少说能收一千四五百斤稻谷。畏惧风调雨顺、大地丰收，不是我不食人间烟火，而是因为一个少年在日复一日翻晒粮食的过程中，对于生活的热情，已经先于谷粒里的水分，被日头不停地蒸发。

翻晒稻谷与清理稻叶，是烈日同我的合作，也是烈日与我的对垒。谷粒可以在我手下翻身，我的两张脸，却难逃被日头一次又一次煎炸得外焦里嫩的命运。没有三四个饱足的晴日，颗粒归仓只能是一个美好的想象。晚上把稻谷请进屋躲雨，第二天早上再送出去让它们吸食阳光。在十多岁的我手上，一亩田至少有上万斤的重量。

只有我一个人在晒楼的时候，奶奶会将半杯啤酒递到我跟前，然后接过我手上的谷耙，接过我的活。玻璃杯里的泡沫缓缓下沉、消失，与之对应的，是笑容在奶奶脸上缓缓升起、定格。恰到好处的是，一阵风贴着脖子从脑后掠过，奶奶的目光从我的眼眶洒进心间，宛如明月。回想起来，那是农忙时节里仅有的可以感知美好的时光，是从炎炎夏日坚硬躯壳里剥离出来的清凉，是长夜至暗处亮起的一点灯影，是对已经厌倦的世界仅存的一丝好感。

比啤酒更能补充能量的是奶奶盛在杯里的一句话：“你不怕苦，苦就会怕你。”

这句话在我后来的人生经验里并没有完全得到印证，所幸余生还长，我愿意借用它的全部，作为奶奶的论据。

奶奶不是佛，但我早已是她的信徒。

7

初中毕业那年，我考上了“委培”中专。老师们觉得能长成“半残品”于我已是撞了“天昏”，这让很要面子的父亲觉得很没有面子。我的录取通知书被他草纸一样扔进了猪圈。当“草纸”停落在一个粪团旁，他的声音划伤了我的耳朵：“一头猪。”

圈里明明关着两头猪呀。等我明白过来那两头和另一头根本就不是一回事时，大概也明白了，那其实差不多也是一回事。让两头和一头最终得以区分的是奶奶云淡风轻的一句话：“你是在骂他，还是骂自个儿？”

“哪个喊他不争气？一头猪吆到北京去了，回来还是一头猪！”父亲和奶奶说话，语调很少那样高。

“就算真是一头猪，膘也有厚有薄。”

奶奶点到了父亲的穴位。他怔在那里，不再开腔。

奶奶从猪圈里捡起那张纸，捡起了我的人生。

8

奶奶麾下的“公家人”多，常有人登门造访也就显得顺理成章。无事不登三宝殿，来人多是有事相托。倘是借钱借粮、讲理劝架之类，奶奶通常不会让人失望，若事情不是当下她能应承的，她也一定会好言好语求得谅解。待人家断了念想，抱憾离开，她却在脑子里忙不迭地翻开花名册，在她的子孙里来一个“沙场点兵”。

奶奶因此被“加官晋爵”。第一次被叫“刘局长”时，奶奶以为我在叫别人，但她很快反应过来。后来再这么叫她，她居然也不怎么反对。一些人吃着公粮不正经办事，我比他们当得还伸抖（四川方言，清楚的意思）些。是不是这样想的，我没有问过奶奶。

别看老人家慈眉善目，一旦脸上变了颜色，那可是让人一小壶喝不下来的。一次，六叔六婶不知何故闹起口角，情急之下，六叔竟要借拳头讲理。“梆、梆、梆”，几声闷响过后，六叔的手总算放了下来，而奶奶手上的拐杖，仍然对他的后背虎视眈眈。六婶作为奶奶的“生活秘书”，在后来的日子里，对奶奶的照顾无可挑剔。

七十岁前，对于自己的子孙，老人家热衷于耳提面命，恩威并施；年过古稀之后，对于一应家庭事务，奶奶几乎都睁只眼闭只眼，谁要找她拿主意，管你是实是虚，她一概打太极。

民国时期，老家遍地鸦片，都说权力比鸦片还容易上瘾。“你咋就没成‘瘾君子’呢？”我问奶奶。

奶奶说：“但凡成了瘾的，都不是君子。”

9

“你们对我这样好，我死都值得了。”“你们对我这样好，我死太不值得了。”这两句都是奶奶经常说的话。

就像你不知道什么时候天上会突然有一只鸟飞过，你也不知道奶奶什么时候会冒出这样的话。但这些话很多时候都是从她被窝里冒出来的。我们孙子辈，即使已年过四十，也还是喜欢钻进奶奶的被窝。如果她睡着了，就和她顺着她的梦入梦；如果她没有睡着，就来一番东拉西扯。这个时候的奶奶不是奶奶，可以叫她首长、老刘、炳芬同志，或者刘大局长。我们负责没心没肺，她负责眉开眼笑。

只有想起死亡的时候，奶奶的眼眶里才会涌起忧伤。

奶奶说："我在观世音面前许过愿，下辈子，我们还做一家人。"

奶奶说："我不怕死，我只是舍不得离开你们。"

奶奶渴望长生，可她早看透了死亡。

10

没有一条路没有尽头。

2018年2月27日12时16分，奶奶用永远的沉默留下遗言，从此与我们天人永隔。

活着不打扰别人，就是对于自己的永远离去，奶奶也提前打了招呼："谁也别说。"奶奶走后，家里没设灵堂，家人没贴讣告，但是前来送行的依然不下三四百人。

（摘自《读者》2019年第2期）

贫穷，不是她的烙印

王　旭

她低着头，手指缠着衣角，看上去十分拘谨。穿的衣服明显不合体，小小地缚在她的身上，双肘的部位还粗糙地缝着两块颜色极不协调的补丁。

这是河北省怀来县境内一个极偏僻的小山村。这里不通公路，没有电话。村民们只依靠山上零散的几颗枣树和杏树勉强维持着生存。这里的孩子不要说读书，即使是温饱，亦是极难保障的。

我们是县计生局派来的“关爱女孩”工作组。这次活动的宗旨是倡导男女平等，消除性别歧视，维护女童合法权益。跟我们一起来的，还有县电视台的记者和摄影师。

女孩今年12岁。与穷困的乡邻相比，她的人生更为痛苦及不幸。她4岁那年，父亲患了肺病。本就贫困的家，深深地陷入了灰暗的日子里。由于无钱医治，父亲的病情逐渐加重，半年后，父亲咽了气。没有了父亲的日子更加艰辛。母亲被痛苦折磨得愈发抑郁。一年后的某个冬日夜晚，母亲终于丢下年仅5岁的她，用一瓶农药结束了自己的生命。

她的亲人，只剩下年迈的奶奶。65岁的老人和一个只有5岁的孩子，日子的艰辛不言而喻。小小的她很快学会了做饭、打柴、洗衣。在漫无边际的贫困与劳作中，她一天天长大。

看着面前一摞摞崭新的书本，她清澈的眼神里闪烁着希望的光。“阿姨，这些书和本子，都是给我的吗？”她小心翼翼地抚摸着书本，语气中有迟疑。

“是的，全是给你的。喜欢吗？”我帮她理了理有些杂乱的头发，心中疼惜不已。

“真的？都是给我的？”她又问，眼中夹杂着不确定与期盼。

“当然，我们可以拉钩。”我伸出小指，对她微笑。

她怯生生地伸出手，将细瘦却已粗糙的手指跟我勾在一起。突然，灿烂的笑如菊花盛开在她的脸上。

这时，电视台的小张拿着话筒走过来，让她捧着那些书本说一些感激的话。摄影师小罗也摆好了架势准备录像。

如晴好的天气突然飘过一大片乌云，她明媚的笑容顷刻黯淡。她把书轻轻放回原处，小小的身子开始慢慢后退。

“怎么了？没关系的，如果不会说，叔叔可以教你。”小张走过去拉她。

她继续往后退着，眼泪也一颗颗滴落下来。

我走上前问：“为什么伤心，可以跟阿姨说吗？”

她用袖子抹了下眼睛，哽咽道：“阿姨，我不想上电视。我不想让所有的人都知道我是个贫穷的孩子。”我的心突然一疼。

“别让他们拍我好吗？我一定努力学习。以后，我要考上大学，走出山去。我知道，我现在很穷，但是我保证，我不会穷一辈子。”她解释着，小脸急得通红。

小张的话筒缓缓落下，小罗也默默将摄像机收了起来。

我把书本放到她手里说：“孩子，其实，你一点也不穷。回家去吧，好好读书，你的心愿一定会实现的。”她笑了，眼睛弯成月牙儿。我知道，此刻她的内心，已有向上的力量在升腾。

车走出很远，尘土飞扬中，那个小小的影子仍站在原地。一路上，大家都沉默不语。这个年仅12岁的小女孩，教我们懂得了，贫穷不是一个人永远的烙印。

（摘自《读者》2008年第19期）

卖了良心才回来

毛　尖

20世纪80年代有一篇风靡中国的小说，是陕西作家路遥写的《人生》。故事主人公高加林就像狄更斯《雾都孤儿》中的费金一样，人名变成了词汇。一个男青年离开故乡进城，在城市里积极奋斗，城市女朋友立马把家乡的姑娘给比了下去，但是，城市不是那么容易站稳脚跟的，都市的陷阱又把他送回原地。这样的男青年，我们统一称他为——高加林。

高加林引发过天南地北的讨论，关于乡村的梦想，关于城市的冷漠，关于现代化，关于爱情，他是活到今天的虚构人物，也是20世纪80年代最重要的文学形象之一。小说的最后，被城市打败的高加林回到老家，原本绝望的他，发现故乡的亲人并没有嘲笑他，而他望着"满川厚实的庄稼，望着浓绿笼罩的村庄""单纯而又丰富的故乡田地"，终于泪如泉涌。

《人生》是文学课堂里的必读小说，每次读都会生出不同的感受。年轻的时候比较罗曼蒂克，什么故事都只重感情部分，基本把高加林当陈世美。但这些年，不知道是不是自己也人到中年了，越来越理解高加林；再加上离家多年，把老父老母交给姐姐和姐夫照看，午夜审视自己，几乎就是高加林，甚至还不如高加林，因为没有他旺盛的进取心。

自1988年到上海读书，除了中间跑到香港读了三年书，我在上海已经住了四分之一个世纪。其实老家宁波离上海很近，从前是坐一个晚上的火车，现在只要两个小时。可车程短了，回去的次数反而少了。当然，我有很多理由：我在这里有了自己的家，有孩子要管，家务事要做，课上不完，文章也写不完，每天晚上熬到两三点，钻进被窝的时候，还没想到父母，就睡着了。虽然在梦中，曲里拐弯走过的街道巷子，永远是宁波槐树路一带。

但我内心知道，真正构成我和故乡之间的离心力的，不是因为我的忙碌。和高加林一样，我生活的度量衡发生了转变。在老家，跟着父母八九点上床，在床上磨蹭到十点，蹑着手脚起来到客厅过夜生活，弄到半夜也饿了，去厨房噼里啪啦搞吃的，然后一回头，被我妈吓得魂飞魄散。她听到声音以为有贼，就抄起扫帚悄无声无息地站我身后了。而等我“魔都”的生物钟发生作用，我妈也起床了。所以，一直以来，她觉得我脸色不好是因为上海的生活质量差。我偶尔回一次家，当然得各种食补。整整一天，她剥毛豆、拔鸡毛、刮鱼鳞，所有在上海我们一律交给菜市场完成的工作，她都亲力亲为，否则，毛豆不鲜、鸡肉不鲜、鲫鱼不鲜。

在诗歌的意义上，我认同我妈所有的工作——她一边剥毛豆，一边还要跟毛豆说话。但是，爸妈年纪大了，看着爸爸骑上自行车去菜市场，右脚要在地上蹬好几下；妈妈下午炖蹄髈的时候，会在灶台边睡着。我就觉得这前现代的生活，以它全部的抒情性构成了我无法面对的拷问。每次回去，都会像逃兵一样离开。对于躁动的灵魂，故乡只是疗伤机制。

侯孝贤执导的电影《恋恋风尘》的结尾，失恋的阿远回到故乡，他用经历了伤痛的眼睛看故乡，故乡也用全部的柔情回望他。青山绿水，岁月悠远，阿远可以继续生活，观众可以继续生活。但我们知道，阿远以后还是不会留在家乡，就像“风柜来的人”，“从风里走来就不想停下脚步”。也像回到故乡的高加林，其实是带着更多的高加林离开了故乡，拥到声名狼藉的城市。而在相对论的意义上，故乡，就是为我们这些“高加林”准备的。对于我的爸妈，一辈子没有离开过槐树路的父老乡亲，是无所谓故乡的。

所以说，故乡总是和热泪连在一起，如同《信天游》唱的，“哥哥你不成材，卖了良心才回来”。而故乡的分量，好像也只有通过一代代青春的热血献祭，成为我们最后的乌托邦。

（摘自《读者》2019年第3期）

走过阴霾

谭里和

只要悲痛不是一个接着一个，生活便都是可以好好珍惜的。

两岁那年。刚刚蹒跚学步的时候，我就患了小儿麻痹症。医生说，我的病，永远也治不好。妈妈却从不把我当作没有希望的孩子。在医院里度过我的童年后，母亲把我送到了学校，在许多人甚至父亲看来，母亲送我读书只不过是为了满足一个孩子对课堂向往的心愿，为了我成长得不孤单。

我是个没有将来的孩子，或者说，我的将来早就已经被人预料到了。

12岁，我开始了初中的寄宿生活。村里几乎所有的孩子，读完初中就不再有机会上学。

中考前两个月，一所著名的省重点中学第一次来到我们这个闭塞的初中选拔学生，在预选考试中，我脱颖而出。5月，我收到省重点中学复试通知。母亲花了一个月的时间，瞒着父亲从拮据的生活开支中省下20块钱，在报名期限的最后一天把钱送到我的手上。让我交了考试报名费，我终于在学校的安排下前往重点中学参加考试。

躁动来临之前总是没有预兆的。

在乡政府代表的大事公布栏上，有一天赫然出现了我的名字，下面是乡长的署名。在省重点中学录取名单上，我是两个当中的一个。那一天，赶集的人出乎意料地早早回来，消息很快传遍了整个村子。

通知书传到我手里的时候，父亲的心情是非常矛盾的，按父亲早设定好的计划，我初中毕业就去镇上的一家维修店学习修理钟表和电器，师傅早就找好了。而今，省重点中学的录取通知书不期而至，完全打乱了父亲的计划。第二天，我听母亲说，乡里的大户想让自己的儿子去上学，找到父亲说用2000块钱来买我的录取通知书。父亲最终拒绝了他。

在前往学校的车上，我的心沉重了起来。这次启程，完全是把整个家庭的命运悲欢扛在自己脆弱肩膀上的一次苦行！

父帝说，别看这稻田里现在是满目疮痍，因为它刚刚收割过，明年你回来的时候，一定就是金黄黄的一片。

父亲把我安顿好后，留给我150块钱做生活费，回家前多次叮嘱我要好好学习。

贫穷的尴尬从我进入这所重点中学的第一天就开始上演。

从小我是一个见肥肉就恶心的人，两个月后的一次回家，妈妈买回两斤肉，我却挑着肥肉狼吞虎咽。我这个粗心的动作，让全家人都没有向盛肉的盘子里动筷子。

父亲去温州打工是在我返回学校后的第三天。一个月后我接到从温州寄到学校的200块钱，在简短的信中，父亲告诉我，他现在在工地上帮人家建房子，一天可以赚到20块钱，就是工作辛苦，早上6点钟开始工作，晚上9点才下班，睡在工地上。父亲说他要干到50岁，这一年，我高中毕业，假如像他期待的那样，我刚好考上大学。

面对即将来临的高考，我感到从来没有过的恐惧。每天繁重的学习后，晚上睡觉便是噩梦连连。我经常梦见自己高考落榜，周围都是要把我吞噬掉的嘲笑。

没想到，这一切，随着高考的结束，都变成了残酷的现实。

为了还债，父亲把他亲手建的房子以低廉价格卖给别人，把所有的家什装满卡车，连夜携儿带女离开了他生活了三十多年的村子。一路上犬吠起伏，我满脸是泪水，是悔恨的泪水，愧疚的泪水。我心里一再责问自己：你为什么就这样不争气？为什么这样不安分？这样不听父亲的话？我们住在奶奶为我们一家人腾出的一间没有玻璃、四处漏雨的房子里，我把两箱书藏在床底下，绝口不再提上学的事。曾经的执拗，想起来就觉得是一件多么荒唐而痛心的事，我决心不再抗争，屈服于命运。

那一年的雨特别多，家里经常被雨水清洗，因为这样我才打算把藏在床底下的两箱书作为废纸卖掉的。在等待中终于有人上门，当我正要做成这笔买卖的时候，父亲从地里回来，冲过来便给了我一记响亮的巴掌。父亲近乎咆哮地怒吼：你真是个孬种，你以为开弓还有回头箭吗？我愣住了，蹲在地上半晌才回过神来，眼里噙满了自责和感激的泪水。

开学了，父亲小心地把书捆到自行车上，送我去县城。路过我们还没有播种的稻田，一直沉默的父亲突然说，别看这稻田里现在是满目疮痍，因为它刚刚收割过，明年你回来的时候，肯定又是金黄黄的一片。

梁晓声说，只要悲痛不是一个接着一个，生活便都是可以好好珍惜的。

补习的日子是清苦而压抑的，让我感到温暖的是，在家里如此困窘的状况下，父亲母亲再次给了我改变命运的机会。

然而命运再一次和我开了一个玩笑，就在我经过努力拿到通知书走到大学校门口时，由于残疾，我被无情地拒之门外。但我没有灰心，拾起书本，继续前行。第二次，第三次尝试！新的千年到来了，在父亲说的那个收获的季节里，我终于在第四次尝试之后走进了那扇期待已久的大门。

走进大学，恍若隔世，贫穷依然犹如影子，似乎永远也摆脱不了。在高消费的大学里，无数次，我在昂贵的学费和生活费中仓皇逃遁。直到我满21岁的前一天，我的一篇文章在北京一家著名的杂志上发表，主编亲自给我写来一封热情洋溢的信，阳光才渐渐地眷顾我长久阴霾的脸，我笑了又哭了。

25岁的生命中，需要记住的许多日子我大多没有记住，其中包括我的生日。但是2005年8月8日，我一辈子都不会忘记。我带着大学期间发表的近三十万字的作品来到一家省级新闻单位，领导在看了我的简历和作品后，第二天就给了我录用的答复。

一切看起来都是那么顺利，但是，看了我的故事的读者会知道，那都是在经历了漫长的暴风雨之后的故事！

（摘自《读者》2006年第11期）

吃肉的日子

杨熹文

1

在我爸成为公务员之前，他是市面上少有的英俊厨子。他每天在后厨站十几个小时，不管冬天、夏天，脖子上都搭着一条被汗浸透的毛巾。但凡叫得出名的北方菜，他样样都能做到极致。

他最拿手的是锅包肉、酱焖茄子和拔丝地瓜，有人路过进来吃一顿便饭，这一顿就能把他变成一坐几年的老顾客。后来我爸讨了餐馆里最有福相的服务员当老婆。

那时餐饮业如雨后春笋般发展起来，爸妈工作的老字号在激烈的竞争中节节败退，最终选择关门。这对年轻的夫妇不得不另谋生计。

我妈不知从哪儿借来了倒骑驴（东北一种原始的木质交通工具），早上三四点就起床，在零下二十几度的大冬天里骑一个小时去上货，然后再找个热闹的街头，和一群四五十岁面相凶狠的大叔大婶抢生意。别人都是大声吆喝，我妈却是个轻声细语的小媳妇，受人欺负，生意不好，不但得了关节炎，还收过假钱。她一个人在寒风中偷偷抹眼泪，湿了的脸蛋被寒风吹干吹皴，留下经年的高原红。

我爸每天早出晚归地敲着门找工作，上火积成的火疖越长越大，最后占了半个胸口。呼吸的时候，冒着火地疼，呼出的气都带着高烧似的温度。眼见家里的积蓄马上要见底，我爸这个最要面子的人也不得不狠下心去借钱。

他怀着希望见了所有的朋友和亲戚，却忘记了那是个所有人都避着贫穷的年代。他抬头时看见一扇扇门打开一点缝隙又关紧，低头时狠心丢下面子、撇下自尊，伸出去的手再揣进兜里的时候，沾满了别人的鄙夷。

他游走在寒风中的街头，周围的一切都落寞而了无生趣，心里装满了辛酸和失落。想起家中的妻子，他把攥紧的手掌舒展开，决定用那几枚珍贵的硬币买点希望。

我爸回到家，给我妈做了最普通的白菜炖豆腐。平日里都是清汤寡水，那天他放了好几块排骨在里面。白菜汤浓郁、香甜，排骨鲜美、酥软，这是他带给全家的希望。

在那一年冬天即将结束的时候，我来到这个世上。

家里还是一贫如洗，但我没闻见贫穷的味道，充满我小小鼻腔的，是肉的香味。

2

生活对善良的人最大的回馈，就是公平。我爸靠着善良质朴的品行成了一名公务员，我妈专心在家做全职主妇，夫妇俩分工明确。日子在两个人的努力下，渐渐过得有滋有味。

我爸工作勤恳，很快得到赏识，时不时有了酒局。在那个“打包”被视为“没钱”“丢脸”的年代，我爸却是个异类。他每次从酒局上回来，要么拿回来半条鱼，要么装回点熘肉段。有时饭盒里的东西太多，我爸刚到家门口就嚷嚷：“姑娘啊，看我给你带什么回来了。”那时，我妈就会从厨房拿双碗筷，眯着眼和我爸看我吃肉时狼吞虎咽的模样。

我爸跟我妈说：“你也吃啊。”

我妈说：“我不饿。”

我吃得香极了，肉渣子粘在嘴边也不擦。

我也说：“妈，你吃点啊，老香了。”

我妈说：“你快吃吧，不是跟你说了嘛，我不饿。”

我上小学时，有一段时间，我妈出去工作。我中午不能回家吃饭，午饭就在学校食堂解决。吃惯了家里的饭，学校的饭菜简直难以下咽，唯一值得期盼的，是每周二的半截香肠。那细细的香肠，从侧面切出几刀，炸过就支棱起来，再裹上一层盐和孜然粉。一到周二早晨，我就望眼欲穿。

我跟我妈提起，学校的炸香肠好吃极了。我妈问我：“那是什么味儿啊？”从那以后，每周二我把香肠留在饭盒里带回家，将它当作一种坚定的信仰。

我成年后，我妈跟我说起这事时，一脸的骄傲。她说姑娘午饭就那么半截香肠，还惦记着我，晚上回家，一股闷久了的油炸味就飘出来，姑娘舔舔小嘴就那么拿着饭盒给我："妈，你吃香肠，可好吃了，我特意给你留的。"每次说到这儿，我妈都得大哭一场。

初中时，我去军训，一周的训练把我折腾得又黑又瘦。最后一个晚上，我窝在被窝里给我爸发短信，我说，爸，我想吃锅包肉、可乐鸡翅、排骨炖豆角……高三时，我每天雷打不动地早晨五点起床背书，我妈就四点起来给我做牛肉炒饭。我妈做的牛肉炒饭，牛肉鲜嫩入味，米粒软硬适中，吃起来有油炝过的味道，那是我离家后就再未尝过的滋味。

3

大学毕业后，我执意要出国。那时心比天高，一心一意要到远方，仿佛远方才有理想，远方才有希望。

临行前一天，我爸做了我最爱吃的菜，一家三口默默地坐在桌前，不言不语。我爸喝了几口酒，开始说："姑娘啊，你爸这辈子没啥大能耐，就会做这么几道菜。你这一出去，不知道啥时候才能回来。要是觉得外面好，就好好享受，别惦记爸妈；要是在外面受委屈了，就赶快回来。爸妈不指望你有多大出息，你要是觉得在家好，给你做一辈子饭都行啊。行了，你们娘俩别哭了，赶快吃饭吧，孩子这一出去，肯定吃不上家里这么合口的饭了。"

我如愿来到"远方"，一个人过上了漂泊的日子。在这个高消费的国家，我想尽一切办法让自己拥有赖以活下去的能力。于是我从一个靠脑袋活着的人，变成彻底的体力劳动者。

下雨天，我走一个小时的路去豪宅里擦地板、刷马桶，做不好的地方都要重来一遍；在超市站十几个小时收银，每天结束时都双腿肿胀、青筋暴露；在中餐馆后厨洗菜、刷碗，双手找不出一块细腻的地方；在咖啡馆里勤勤恳恳地磨着咖啡、招呼顾客，工资被老板拖了又拖……饮食上也从不奢侈，肉包子闻闻味道就够，不奢望能吃到嘴里。

靠着一分运气、一点勤恳，还有骨子里的坚强，如今的我已经做到了经理的职位，慢慢有了固定的朋友圈，经济状况有了很大改善。

爸妈时常通过微信发来问候，我只挑最好的事情和他们分享。他们不懂外语，也不曾来过外面的世界，关心的话题永恒不变，每天都是“有没有按时吃饭？”“听说那边的肉都不放血啊，吃得惯吗……”走进这座城市大大小小的餐馆，不管是配料精良的小羊排，还是一道普通的家乡菜，我始终尝不出肉的好滋味。默默回想，原来父母把最好的爱，都烹调进了吃肉的日子里，给了我。

我善良的父母，对我所有的深爱，是他们饥饿时对我说的“我不饿”，还有精心准备一桌子饭菜等我回家时的一句“孩子，可劲儿造吧”。

此刻，我正吃着蔬菜沙拉，配着回忆里吃肉的荤腥日子，温暖，也有滋有味。

（摘自《读者》2019年第6期）

回得去的故乡

谢飞君

朱雪芹接触的群体是最普通的农民工，他们融入城市以及回到家乡的不适感倒是没那么深，他们有一技之长，生活对于他们是很切实地去做一件事：在城市里跑货运，到集市上卖菜，回家乡搞养殖……他们都在为明确的目标奔忙。

留在城市的他们

1995年，18岁的朱雪芹从徐州市睢宁县来沪打工——上海某服装有限公司。

20年里，她坚守在同一家企业，注视着众多徐州老乡有的留在上海，有的回到农村。

这个春节，她发觉周边很多人都在讨论“返乡”。她的观点是，回农村的那些人，他们的生活、观念，与一直留在农村的人是不一样的。

比如，有的人通过打工提高了生活质量，在县城买了房。

又如，到上海打过工的人，回去后大多很自觉地实行计划生育。他们不超生，而是想办法把一个孩子养好，让孩子接受好的教育。显然，收获并不仅限于物质层面。

作为公司的工会主席，朱雪芹在单位里办的“相约星期四”读书小组，坚持了很多年。每周四晚上7时到9时，参与者会在一起学习与工作相关的服装缝纫、机械维修等原理，或是和工作并不相关的文学、日语等。“现在小组里加入了很多‘80后’、‘90后’，形式就更新颖了，增加了网络美文的分享。”朱雪芹说。而一些外来务工青年的心事、家事也在“相约星期四”中得到疏通或解决。

“我接触过一个黑龙江的孩子，孩子的父亲在我们工厂做工，因为是单亲家庭，孩子到了叛逆期时，不愿意与父亲交流。我和孩子聊过几次，效果不明显。去年孩子回老家读初二，这个寒假再到上海，我请他们一家吃饭，发现孩子变化特别大——他回家乡后体会到父亲在外的不易，读书也变得努力了。”朱雪芹很感慨。

朱雪芹还曾与一名少年犯老乡保持通信。小老乡的第一封信很短，说他很后悔，但不知道怎么办。“我回信也简单直白。我告诉他上海的教育条件比其他地方好，让他听教官的话，好好念初中课程，空闲时去学习管弦乐。”他很排斥，表示对乐器不感兴趣。朱回信给他算经济账：“在外面学管弦乐，一个小时几百元。这是高雅艺术，是可以陶冶情操的，我自己都没有条件给我的孩子请老师……”小老乡听进去了，开始学习初中课程，还成了乐队的骨干。

朱雪芹所接触的打工者，绝大多数都对未来有着很明确的目标：每一天的努力，都和家乡有着对应的关系——是不是够在家乡县城买房了，或是可以回老家盖房了，抑或装修房子的钱够了。这些目标支撑他们做好手头的工作，让他们充满干劲。

回到家乡的他们

带着一技之长，带着在城市积攒的存款，回乡打拼。离开后的归来，和不曾离开，其实大不一样。

2014年，全国农民工总量达到2.74亿人。国务院农民工工作领导小组办公室主任、人力资源和社会保障部副部长杨志明在日前召开的新闻发布会上说："目前，农民工就业出现了一个新情况，经过进城打工的磨炼，有点技术、有点资金、有点营销渠道、有点办厂能力、对农村有点感情的农民工返乡创业，现在全国已达200万人左右。"

城市和乡村有发展上的时间差，回乡比较靠谱的办法，是把在大城市里有市场的东西带回去，因地制宜搞复制。朱雪芹的几位返乡亲人中，弟弟朱靖很懂得取舍。2000年，他尚在齐鲁音乐学院上学，专业是长号，当时的老师是某艺术团的团长，17岁开始学艺，当上团长已是55岁。一边是艺术领域的追求，一边是现实生活的需求，朱靖觉得自己更需要解决生计问题，于是大学期间就开始去大卖场兼职当家电销售业务员了。2010年他决定回老家时，已是某知名公司华北区的销售总监，他的妻子也已经开了一个代理各品牌家电的专卖店。

"刚回家乡时确实有些不适应，发现自己多年接受的教育、为人处世的方式，很难融入村里的生活。人虽回到家乡，却深觉是到了异乡。"好在"异乡人"的感觉在做事的过程中逐步化解。

"积累"有用武之地

"读书人"的做法不一般。为了更好地了解家乡，2012年开始，朱靖经常往镇政府跑，去了解针对回乡创业青年的一些方针政策，了解家乡办事的方式方法。他说，其实在外打工回到家乡，也没有太多的钱投资，只有了解清楚政府的扶持政策，投资才更有把握。

去年冬天，朱靖发现很多行业都面临冲击，唯独餐饮业形势大好，于是开了一家火锅店。

"小地方竞争不是很激烈。"火锅店真正让朱靖在城市的积累有了用武之地。"去年圣诞节开业至今，客人天天爆满，多的时候一天就有一万多元的盈利。"

怎么做到的呢？乡镇上的餐厅很少搞活动，而朱靖天天促销：打折、送菜、情人节送花等等。

起初的一个月，朱靖亲力亲为，他到店比任何人都早，走得比谁都晚，哪个员工有什么特点他全看在眼里。对于有能力的员工，直接给干股。"烧烤的师傅，本钱不用出，直接分40%的收益。我对他说，有多少能力，你自己发挥，我只看进出账就可以了。"

"40%的分成"在当地可不是哪位老板都愿意给的，但是见过世面回到老家的朱靖，深知团队分两种：狼性团队和犬性团队。朱靖说："对于那些有闯劲、能提升营业额的人，你就得给他足够的空间；喜欢安逸的，拿固定工资。"

为了使餐饮项目多样化，朱靖的火锅店还请了别的厨师，有时候厨师做的某个菜品一般，朱靖就带他出去品尝。“我自己也是一个资深吃货，别家餐厅好吃的菜，我和厨师一起吃，一起研究食材、香料，回来后一起尝试着烧……这样一来，员工自己也在不断学习、进步，对餐厅的忠诚度会更高。”朱靖说。

对于未来，朱靖想得很明白：“乡镇的发展是向好的，如果说城市的GDP增幅在5%，那乡镇的可能是10%甚至20%，无形之中蕴藏的发展机会比城市更多。”

春节时朱靖参加了初中、高中的同学聚会，在大城市打拼的同学，也不乏想回家乡发展者，只是好几个人说完又觉得困难重重，继而自我否定。

和同学们聊完之后，朱靖觉得内心更清晰了：不同的选择，意味着向不同的生活方式、游戏规则妥协。“城市和乡镇，有着各自需要承受的轻和重。选择在城市，就不要抱怨高房价；选择回家乡，则必须稍稍改变自己的处事方式。”朱靖说。

从一个角度看，通过读书从农村走向城市的那群人，无论从物质还是精神上衡量，终究比留在农村有更多积累；而换一个角度，走向城市的农村人，和原本的城市人相比，确实要付出极高的融入资本。所以怎么看待自己的选择，把什么当作参照系，直接导致完全不一样的结论。

（摘自《读者》2015年第10期）

父亲的字据

童庆炳

我的家乡在福建西部的一个山村里，那里虽然偏僻，却有美丽无比的山和水。小时候，我整天在青山绿水的怀抱里嬉戏，当时不觉得有什么，可今天回想起来，那可是一种至高的、不可寻找回来的享受了。

整个村子都被高高低低的山包围着。无论你从哪一条路走，迎面而来的都是山。与北方的山不同，那山总是树木葱茏，一年四季的颜色虽有一些变化，但它整体的色调总是青绿的。我大概从6岁开始进山挑柴，就跟山交上了朋友。山上的杜鹃花开放的时候，就像一位画家将一团团的红颜色泼在绿色的山坡上，远远望去，简直是人间仙境，美极了。幽静的山谷里，会突然传来美妙的鸟鸣声，让你不得不停下手中的柴刀，竖起耳朵接受那天然乐师的馈赠。

在山里，我和我的小伙伴都有自己寻觅到的秘密。在远山深谷的某处，有一棵或两棵只有自己才知道的杨梅树。我们算定它结的果子成熟的时候，就起个大早，神不知鬼不觉地来到属于自己的杨梅树边，望着那满树的或红或白的果实，大叫大笑，然后一直吃到牙齿酸倒了，才想起父母交给我们的任务。至于各种蘑菇、鸟蛋等，更是大山常见的恩赐，那种美味不是城里人能享用到的。

有山就有水，从我们村子边上绕过的那条小河，是从东往西流去的。河水从深山里流淌出来，在有的地方形成浅滩，河水跳跃着，永不疲倦地唱着歌；在有的地方积成深潭，缓缓流动，平静得出奇，就像一位散步的哲学家正沉思着什么。河水清澈见底，游鱼在水中的身姿都清晰可见。我小时候最愉快的时刻，是用自制的捕鱼器捕鱼。捕鱼器是一个用蚊帐布做的圆形的“乌龟壳”，在“乌龟壳”上挖一个手掌大的圆洞，鱼饵是豆腐拌酒糟，那味道很香。我把“乌龟壳”沉到鱼儿出没的河水中，用石头压住，然后就爬到河边的一棵树上，瞭望我设下的“圈套”。这时候，我总能看见一些小鱼经不起香味的诱惑，在“乌龟壳”的洞口转来转去。一般的情况是，有一条小鱼先进去，然后就会有别的大一些的鱼也跟进去。对我来说，把握时机是至关重要的。一定要在鱼儿进去最多，但还未吃饱，对那豆腐拌酒糟恋恋不舍之际，我突然来到“乌龟壳”旁，用一块瓦片，迅速将洞口封住，然后小心翼翼地把“乌龟壳”端起来。这时，我能感到小鱼在里面跳动。那时，我们一家终年难得见到荤腥，饭桌上能有几条小鱼，那是何等的快活，而我获得的则是双份的快活。这么说吧，游水抓鱼的河潭是我儿时的极乐世界。

然而最吸引我的不是故乡的山和水，而是上学。我的最高理想是读完中学，以便将来能当一位山村的小学教师。因为那样，我们一家就会天天有米下锅了——这是从我的好几辈祖宗起直到我父母的最大愿望。可真惨，在我读完初中一年级后，因为无力供给我每周5斤米的伙食，父亲叫我休学了。后来，家里虽然勉强支持我读完初中，可无论如何，我是迈不过高中的门槛了。

在我几乎绝望之际，听说离我家乡约300里的龙岩市有一所师范学校恢复了招生。我背着家里偷偷地去参加考试，并以第一名的成绩被录取。永远忘不了那一天，我在口袋里藏着龙岩师范学校的录取通知书，回到那四周被青山包围着的村子。我天天割稻、挑柴，终于以特别勤快的表现在一次吃晚饭的时候换来了父亲的笑脸。我赶紧抓住时机，又一次提出继续上学的请求。父亲说："你死了这条心吧！你是长子，你不种田谁种田？你想上学，从哪里去弄学费和生活费？你就认命吧，孩子！"这时候，我试探着说："要是有一所学校，既不要学费，还管饭，那……"父亲抢过话头说："你做梦吧！天下会有这样的学校？要真有，那你就去好了。"全家人都笑我发痴，没有一个人认为我说的话是认真的。我暗暗高兴，装出若无其事的样子，继续"套"爸爸的话："爸爸，空口无凭，你给我立一个字据，要是真有这样的学校……"他还是不让我把话说完："我什么时候说了话不算数？你要立字据就立字据，拿笔墨来！"果然，就在饭桌上，父亲给我立了一张字据。我拿了字据，极力掩饰着内心的激动与兴奋，悄悄到姑姑、舅舅以及所有的亲戚家，把父亲的字据给他们看。他们都说："你是想读书想疯了，这一张字据有什么用？再说，哪里会有吃饭不要钱的学校。"我说："这你们别管，我只要你们做这张字据的见证人。"临近开学，有一天我趁姑姑、舅舅都在我家的时候，把龙岩师范学校的录取通知书拿出来，放在他们面前。奶奶、爸爸、妈妈、姑姑、舅舅，所有在场的人都大吃一惊。爸爸苦笑着，什么也说不出来。

在一个清晨，我独自挑着一根竹扁担，一头是一个藤编的箱子，另一头是一个铺盖卷，迈着坚定的步子，翻山越岭，向龙岩城走去。山坡上的野花似乎开得特别鲜艳，山谷里的泉水也特别甘甜，天空中飞着的大雁也特别活跃。那一年我15岁。

（摘自《读者》2019年第7期）

贫贱夫妻

胥加山

我们所住的楼层，一楼一间向阳的车库，足有二十多平方米，起初是间几家公共的便利车库，后因几家不和，拒缴租费，被小区物管租给了一个进城踏三轮车的民工。

民工早出晚归，住了些日子，便把乡下的老婆也带进了租间里，没多久，本来空荡、冷清的车库便有了家的模样。上下班我总在民工的“家”前过，没几日，民工家门前便有了生机，民工老婆在车库前摆起了蔬菜摊，且光顾的人还不少，原来民工老婆卖的蔬菜不但新鲜便宜，嘴角还总是挂着微笑。

忽一日，小区楼下鞭炮噼噼啪啪响个不停，下楼凑热闹，才发现鞭炮声是从民工家门口传来的，人们围在那儿说说笑笑，原来民工夫妻俩在此开了间便利店，卖些日用百货，米油酱醋。民工夫妇激动得涨红了脸，男人不停地递着烟，女人则微笑着为孩子、女人们分发糖果，看来，这对民工夫妇要在此长久生活下去了。

民工夫妇在小区里开便利店，一开至今，且形成了固定的销售群，虽说他们的利润很微薄，但他们的微笑和真诚一直赢得人们光顾他们的小便利店。民工早已不再蹬三轮车，他成了小区里最忙的男人，谁家缺少煤气，叫一声，他会扛上楼且安装完整，收的辛苦费虽是三五元，但他乐此不疲地干着；民工还在便利店门前挂上了一块修自行车、电动车的招牌，拧只螺丝，紧一下闸，来人问多少钱，他憨厚地笑笑，摇摇满是油污的大手：花点小力气，谈什么钱呀？民工每天在小区里忙得像一只旋转的陀螺，虽身陷在穿西装、打领带上班开名车的小区里，可男人毫不自卑，依然每天兴高采烈地扛着煤气瓶上下楼，或清洗油烟机；民工女人也是一门心思经营着不大的便利店，小到一袋酱油、一瓶醋，只要有人在高楼上伸出脑袋喊一声，她便一路笑着送上去。午后，小区里的女人们闲了下来，她们聚在便利店门前打起麻将或玩起牌，无人来店里买东西时，民工女人也会过去凑着看热闹，但她从未羡慕过她们的生活而去埋怨自家的男人，她觉得男人这么卖力养家糊口，已是幸福至极。

民工夫妇住进小区里边也有七年了，他们早已成了小区里的一分子，住在小区套间里的男女或多或少都吵过架，吵过架后，他们总爱到便利店散心，总是用一种羡慕的眼神看着民工夫妇俩，仿佛要在此寻找到一种生活的真理。

的确，民工夫妻从未拌过一次嘴，人前人后总是笑意融融。一天晚上，我的电动车出了故障，请民工修理。时值夏日，民工赤裸着上身为我修车，不一会儿大汗淋漓，女人忙完生意便出来，帮男人擦完汗，便一边替男人扇着风，一边帮男人递着他想要的工具，男人修好车，一抬头，发现女人正一脸汗替他收拾工具，便心疼地说："看把你累的，你歇歇吧，先冲个凉，睡一觉，明天又要忙了！"而女人此时不无关爱地说："你先喝杯啤酒降降温，你一整天比我累得多了，还是你先冲凉，要不等会儿我给你擦擦背！"

都说，贫贱夫妻百事哀，其实，对于懂得用爱、快乐和微笑经营日子的底层人们，即使生活再贫贱，他们也能把日子打点得其乐融融。听说，那对民工夫妇，今年年初，不但买下了他们曾租的车库，还在小区里买了一套套间，接来了孩子在城里上学。乍一听起来，不可思异，可细一想，像他们这样懂得经营日子的人，日子过得不步步登高，那才怪乎呢！

（摘自《读者》2007年第13期）

阿甘妈妈

田永源

在20余年的时间里，胡艳萍先后救助、收养了100多个智障孩子，帮助50多人康复回家或重返社会。她创办了“善满家园智障人康复托养中心”和“阿甘餐厅”，让他们用劳动获得尊严和快乐。

一

1974年2月，胡艳萍出生在吉林省长春市兴隆山镇太平村一个普通农民家庭。为了让全家过上好日子，中学毕业后，17岁的胡艳萍决定不再念书，而是摆摊卖小吃。2000年，生意越做越好的胡艳萍承包了一个大排档。后来，她凭着诚实、守信的努力经营，发展到开饭店、茶楼、超市和网吧，成为拥有100多名员工的老板。

在这期间，生性善良的胡艳萍收养了28名残障人士，其中绝大多数是智障孩子。

2000年，26岁的胡艳萍结婚了。第二年6月28日，胡艳萍生下一个男孩，这下可把胡家人乐坏了。然而，高兴的心情只持续了三天，胡艳萍就接到一个坏消息：儿子患有唐氏综合征，同时伴有先天性心脏病。

医生说，这样的患儿活不过半年。胡艳萍在痛苦中品尝着做母亲的快乐，她希望靠自己的努力感动上苍。然而，孩子在差5天就满7个月的时候，还是离母亲而去。

原来那个长发飘飘、脸上总是挂着灿烂笑容、朝气蓬勃的胡艳萍，变成了一个蓬头垢面、满脸阴霾的女人，她的精神已达崩溃的边缘。

沉沦沮丧的日子过了两个多月，胡艳萍年近70的老母亲也没少劝解女儿，可是收效甚微。老人心里着急上火不说，还得替女儿照看那些收养的孩子，实在是身心俱疲。

一天，母亲来到女儿的房间，同往常一样对女儿说："你可不能再这样下去啊！你咋不想想，你要有个三长两短，别的不说，你把那些孩子扔给我，我拿什么养活他们呀？他们可怎么活呀！"

这时，门忽然开了，进来几个孩子。当他们看到往日快乐、漂亮的"妈妈"变成了现在这个样子，都哇哇大哭起来。听到孩子们的哭声，胡艳萍也惊呆了。片刻后，她忽然抱住孩子，也跟着大哭起来。如果她真的撒手，这些年收养的孩子，必定还要无家可归、流浪乞讨。还有，辛辛苦苦打拼了10年的企业也将关门，百十号员工没有了工作，他们又该怎么办呢？

胡艳萍终于重新振作起来。此后，大家发现，胡艳萍对智障孩子，更是表现出了特别的关注。她开始专门收养救助智障孩子。不管是在路边看见的，还是在她饭店前乞讨的，甚至是在高速路上与她的车擦身而过的，她都把他们领回家。孩子再臭、再脏她都不嫌弃，就像妈妈一样，给他们擦洗，换上新装。没有名字的，为他们重新起了一个个寄托着希望和祝福的名字：幸福、快乐、高兴、开心、甜甜……不管怎样，胡艳萍觉得，她每收养一个智障孩子，就减轻了一份对夭折儿子的愧疚，从精神上获得一点解脱和慰藉。

作为对她的回报，上苍赐予她一份无价的生命礼物——3年后，她生下一个漂亮、健康的儿子——闻闻。闻闻仿佛是上苍派来的，驱散了她心头的阴霾。她用自己执着的信念，改变了更多智障孩子的命运，同时也改变了她自己的命运。

胡艳萍不停地收养智障孩子，可是，这么无休止地收养下去，别的不说，家里的地方再宽敞，也有住不下的那一天啊！

她反复思索之后，产生了一个想法：为这些智障者专门建一个园子，雇人协助爸爸妈妈照顾。

对于她的想法，有人认为她“捡傻子”捡上瘾了，自己也变成了一个“大傻子”。也有人说，失去孩子对她的打击太大，她心里的弯转不过来了。

二

胡艳萍给她要建的园子起名叫“善满家园”，希望这里是和善美满、幸福欢乐的家园。

2010年11月8日，是国际助残日，经吉林省政府批准，胡艳萍创办的“长春市九台善满家园智障人康复托养中心”建成，48名从几岁到六七十岁的心智障碍者，从胡艳萍老家长春市兴隆山镇来到这里，开始了新的生活。

善满家园占地18公顷，设有农疗区、工疗区、商疗区，果蔬种植园、爱心林区。还有一处占地1万平方米的智障人康复托养中心，对没有劳动能力的智障者，一律实行兜底服务。二十几名能够做简单劳动的智障者，在指导老师的帮助下，按照标准进行种植养殖业生产，通过劳动实现了自身的价值。

之前，收养智障孩子每年的费用从十几万到几十万，都由胡艳萍负担。后来，政府也开始介入，决定给每个孩子每个月900元的补贴。

许多志愿者也来到善满家园做义工。胡艳萍曾经资助过的贫困大学生中，有一位在长春理工大学读书的学生孙志刚。在她的资助下，孙志刚顺利完成了大学本科四年学业，又以系里第一的成绩考上了长春理工大学的研究生。他第一个加入志愿者的队伍。曾在吉林省体育学院工作的教育学学士张秀梅被胡艳萍的事迹和精神打动，便同丈夫一起加入志愿者队伍，希望能为这个大家庭出一分力。

在一次座谈会上，一位专家提醒胡艳萍，智障者不能长期在封闭的环境中，这样长大的孩子没有生存能力，让他们有能力融入社会，才是长久之道。专家的提醒，为她打开了新思路，让她看到了新的发展方向。

三

对于收养残疾人，起始是出于她的善良本性和爱心，解决他们的吃、住等基本生存问题。十几年她一路走来，在精神和物质上，付出了很多，获得了政府和社会的肯定。在受到巨大鼓舞的同时，她也认识到，为智障者特别是智障孩子建立养育、康复基地，仅仅是初级阶段，而最终的目的是让智障者更好地融入社会。

可是具体怎么办，没有现成的经验。胡艳萍到全国各地进行考察。在考察中，她发现了一个比较普遍的问题——链条断裂。基础教育结束了，接下来怎么办？这个问题没有成功的答案。

胡艳萍说，自己和智障者特别是智障孩子打交道的这些年，很多事情是慢慢摸索清楚的。简单地可以概括为三步：第一步，领回家让他们活下去；第二步，让他们懂得什么是干净、什么是秩序，让他们快乐地活着；第三步，教育、培养他们融入社会，做个有用的人，让他们有尊严地活着。

在考察中，胡艳萍第一次听到一个词语：支持性就业。即让残障者在必要的持续的支持下，进入一般的就业场所，与非障碍者一起从事竞争性的稳定工作，享有同等的待遇。

考察的收获和她十几年来的深切体会，使她认识到，要帮助这些残疾人，就需要一个完善的链条——教育、培训、托养、康复、就业。

可是，从哪里入手呢？

流浪儿小梦一本正经地对胡艳萍说："妈，咱们开个餐馆，我当经理，我能帮你。"小梦的话，引得大家哈哈大笑，说他想当经理都想疯了。

胡艳萍可没有把小梦的话当成笑话听。开饭馆不仅可以帮助孩子们实现梦想，也可以让孩子们平等参与社会活动，体会到劳动的快乐、尊严和价值。认定的事情说干就干，是胡艳萍一贯的行事风格。她立即把开了8年的茶楼重新进行装修，她要开一家餐厅。

得知胡艳萍要开餐厅，善满家园和社会上60多名智障者想要来这里工作。长春市残疾人培训就业服务中心委派专业的辅导员，对他们进行培训。经过两个月的培训和筛选，最终有12人可以胜任服务员的工作，其中10人来自善满家园。12名员工分成两个小组，每天工作三四个小时，上下午倒班，主要负责传菜、洗碗、扫地、迎宾等，与健全服务员一起传菜、打扫卫生。还有经过培养和认证的7名就业辅导员进行协助。餐厅给这些特殊员工提供宿舍，在试用期，每人每月薪酬300元。等到转正后，工资还会上涨。餐厅给他们每个人都办了存折，让他们体验到劳动的收获，也让他们学会如何购物。

2015年5月17日全国助残日这天，“阿甘餐厅”在长春闹市区的平泉路正式开业。

于是，专门捡“傻子”的胡艳萍又多了一个称呼——阿甘妈妈。

对于阿甘餐厅员工服装的设计，胡艳萍也是费了一番苦心。胡艳萍说，自己既要考虑实际情况，又要顾及员工的感受。要是完全没有区别，遇到突发情况很难跟顾客解释；但如果太过显眼，让人一眼就看出智障者和别人的区别，自己感觉也不太舒服。所以围裙是一样的，而正常的员工背心是白色的，智障的员工背心是黑色的。这样，既能区分开来，看上去也不是那么明显。

每天上午9点30分餐厅开始营业的时候，首先传来的是员工响亮的“芬芳誓言”：“阿甘，阿甘，真诚简单；阿甘，阿甘，执着乐观；我劳动，我快乐，加油！加油！”

这些特殊员工下班后，还经常和其他人一起聊天，讲一讲餐厅里发生的故事，如餐厅今天又来了哪些客人，自己是怎样为他们服务的。其他人端着小板凳，围坐在他们周围，津津有味地听着。胡艳萍只要有时间，就和大家一起聊天。一次聊天中，一个特殊员工对胡艳萍说：“妈妈，我一定好好干。等我赚大钱了，我来帮助大家，不让妈妈一个人费心。”还有一个员工说：“等我有钱了，就买一辆轿车，我当司机，整天拉着妈妈出去办事，不让妈妈开车，怪累的。”看到说者认真、自豪的样子，胡艳萍心里感到格外欣慰，更加坚定了继续走下去的信心。

一天，餐厅刚开始营业，便来了一个客人，说要参观餐厅。服务员找来胡艳萍，同客人聊了起来。胡艳萍首先向来人介绍阿甘餐厅的情况。

还没到客人的用餐时间，服务员有的在厨房里帮着配菜，有的在餐厅擦桌椅，摆碗筷。小秋是12名智障员工中年龄稍大的，他一边擦拭桌椅，一边看着远处与人谈事情的胡妈妈。忙完手中的活，小秋便靠上前去，主动给胡艳萍按摩肩膀，说："妈妈，你们谈你们的，我帮你放松放松。"

这温馨的一幕，让来者非常感动，他带着欣喜的笑容，看着小秋。胡艳萍告诉来者，来这里之前，小秋很少与人交谈，更不要说做这样的事情，只有在别人的安排下，他才能干一些简单的活儿。来到阿甘餐厅之后，他常常还没有到开门营业的时间，就来餐厅门口等着了。同过去相比，小秋最明显的变化是话多了，而且举止得体，能够更多考虑别人的感受。有时候，看到客人结完账，他会主动送客人到门口，鞠躬致谢："您慢走，欢迎下次再来。"

胡艳萍欣喜地说："这些员工懂事了，他们不抱怨，不发牢骚，很知足，很感恩，工作劲头足，从不偷懒。"

为了让这些智障者最大可能地回归社会，胡艳萍想了很多办法。每个月，阿甘餐厅都会选择一天作为免费品尝日，固定提供几个纯绿色蔬菜做成的食品，这些蔬菜是智障者自己种植、当天采摘下来的，她要让更多的人知道，智障者也是有用的人。

听了胡艳萍的介绍，客人说明自己的来意。原来他是一家民营企业的老总，通过媒体，了解到胡艳萍和阿甘餐厅的情况。他想与胡艳萍合作，但是他心里没底，所以亲自来看一看。从员工们声音洪亮的"芬芳誓言"，到小秋给胡妈妈揉肩那温馨的一幕，员工们的巨大变化，让他很受感动。于是，他与胡艳萍签订了为他的企业培训就业员工的合同。

四

阿甘餐厅受到社会的广泛肯定，让胡艳萍受到了激励和鼓舞。阿甘餐厅员工们的精神面貌越来越好，服务质量越来越高。于是，她开始谋划下一步的计划——创办“阿甘村”。

阿甘村具有教育、托养、职业康复、培训就业、示范指导、社会工作者实习基地等六大功能。建设具有影响力和典型意义的“阿甘村”，得到了政府的大力支持。“阿甘村”的总投资4500万元，全部由当地政府支出。

2016年5月15日是第26个全国助残日，也是阿甘村正式成立的日子。阿甘村是在善满家园原有基础上建立的、全新的智障孩子的乐园，可容纳300至500名学生。在特殊教育区各类模拟教室里，孩子们通过学习，可以提高对社会的认知能力：知道如何去超市购物、去银行取钱存钱、去医院诊疗，从而使他们一步步走向社会。

阿甘村不仅有这些模拟教室、果园、菜园，还建起了阿甘村度假山庄。阿甘村度假山庄起到了一举两得的效果：既扩大了阿甘村的社会知名度，也为阿甘村增加了经济收入。

胡艳萍的事迹被媒体报道后，有人带着钱和物品前来，以为胡艳萍会收下。可是一律被胡艳萍拒绝了。一位迪拜来的国际友人特意跑到长春拜访胡艳萍，参观完后，提出要捐助100万美元。胡艳萍对迪拜友人表示衷心的谢意后，婉言谢绝了。迪拜友人不解地摇了摇头，然后伸出大拇指，连连称赞。

面对许多人的疑虑和不解，她有着冷静而清醒的认识。“养这么多的孩子，我现在还有这个能力。但全国有1000多万智障人士，比整个长春的人口还多，就算我接受捐赠，能把全国的智障者接过来养吗？不能！”

胡艳萍说，近年来，社会上有很多人假借慈善行不法之事，让她警觉起来。她说："大家的好意我心领了。我现在还有能力让他们吃饱穿暖，让他们过正常人的生活。我是做商业的，知道和别人的钱保持距离，才是保护自己，才能不把事情做偏、做歪。"

一片洁白的羽毛，在风中飘曳，划过天空，最后落在阿甘的脚下，被他小心翼翼地拾起来，夹进书里。这是电影《阿甘正传》中的一个经典画面。这个经典画面，深深地印刻在胡艳萍的心中。胡艳萍说，人生就像那片轻盈的羽毛，随风而动。我们应该像阿甘那样，不管下一步面对什么，都要坦然接受，不怨天尤人，不自暴自弃，埋头干事，终究会有回报。

（摘自《读者》2019年第11期）

望乡曲

周　伟

离家多年，我还是一口乡音土语。想想，这是土疙瘩里生成、母亲奶大的，无法改了。老家的乡音土语就像年糕一样，总是那样香喷喷、甜津津、黏糊糊的，早把我的魂勾走了。只要老家一声召唤，我便如风如鸟般，来来去去。

"挂青"了！我急急地往家赶。扫完坟，正想往车子里钻，村子里一大群乡亲早把车子围了个水泄不通，都说："歇一夜，还是歇一夜吧！"

歇就歇，忙碌在外的我早想歇了。肩上掮的东西太沉，老牛驮的犁耙太久，也是要歇一歇的。歇一下，安顿好心灵，再走再驮，就不一样了。

我这样想着的时候，晚奶奶递过来一个大大的搪瓷缸，说："喝口水，润润喉，活络活络全身吧。水是好东西！水过来了，田也就肥了。水去了，再肥的田，也长不出好庄稼来。"

我晓得晚奶奶唠唠叨叨是悲苦、是高兴，她把田地看作乡村的身板。以往，缺水的乡村，总是颜色不上，结实不起，站立不住。好在如今的田地春风吹绿了，乡村也被雨水滋润着。

晚奶奶撒了一把米粒在地上，几只鸭子“嘎嘎嘎”上前来抢食。对门不远处，三娘土砖屋前的石头门槛上趴着只老黄狗。我走过去，那只老黄狗一下子立起来了，围着我嗅，摇摇尾巴又趴下了。

三娘的屋，矮塌塌的，三个垛子的土砖屋。“哐当”一声，门板开了。走出来的三娘手上提了一个药罐子，热气腾腾。三娘看到我，一下子窘迫极了。脸上忙堆出几丝笑，看看药，看看我，再看看药，说了句“煎熬呢”，再无话。这时，里屋的三伯轻轻地“唉”了一声。三娘转身，和着一团药气飘到里屋去了。

我不愿进到里屋去，听娘讲，里屋的三伯躺在床上三年多了，三娘一门心思图省钱，美其名曰“亲上加亲”，娶了她娘家老兄的女娃做儿媳妇，生了个残疾的女娃。三娘硬逼着再生，终是添了个带把的崽，却咿咿呀呀说不清话。又躲“计划生育”，终年流落在外头。我站在外屋中央，看见正中的四方桌上摆着一只蓝花大瓷碗，上面倒扣了一只印着红双喜字的小瓷碗。我揭下上面那只小碗，发现大碗里有呷剩的干盐菜，黑黑的，枯枯的，委屈地贴在碗底。我站着没动，时间和思绪也跟着我站在了那里不动，只觉有一个声音绵绵不断地响在耳边：“煎熬呢！煎熬呢！煎熬呢……”我掏出一百元钱，把它扣在那只小瓷碗的下面。

我走进院子中间。乡村里家家的大门都不上锁，半敞着。也许正是如此，乡亲们的心门都不上锁。

他们一个个停下手中的活计，看着我说：“伟宝呀，连走路的姿势都跟六爷（即我父亲）像得不得了。”我看了看自己的身材，有点儿好笑。

正笑时，有人催地上打陀螺的娃儿："小十六喊十爷！"又回过头来告诉我，"你家琨宝排十四哩！"

我知道，不管把自己当成什么人物，在老家都不顶用。就像父亲、我和我的琨儿，在老家早已被排了座次，不过是老六、中十和小十四这三个符号。就像那个在地上飞速旋转的陀螺，总是不停，却一直在原地。想想，自己的刻意和聪明实在可笑。乡村，只有乡村才是一种大智慧、大宽容，只有乡村才证明了我真正的存在，存在也是一种拥有。

我说，想去老背巅山上看看。其实，我看山的愿望并不强烈，只是缓缓地一路游逛。慢慢地，我已经上到了一个小山坡旁边。一群孩子正在山坡上看牛。一个小孩"哦——哦——哦——"地对着山那边喊，山那边像有个人似的，"哦——哦——哦——"地回应着。

我完全沉浸在这一片欢快的海洋中。是啊，真正的快乐只能在乡村中找到，只能在童年里拥有。拥有行使快乐的权力才是人世间最大的权力！一下子，我竟然找寻到多年来一直要找的东西。

一路脚步轻松，老背巅山不一会儿就到了。我踏着软绵绵的陈腐落叶，一步步地往山腹中走去。这就是我家的山吗？父亲多次跟我讲，他百年后要埋到自家的山上。乡里乡亲每回到城里见了我，总是说："要回来喽。呷饭离不开老屋场，升天离不了老祖坟！"我只是"嗯嗯"地应着，并不探究其间的奥义。

我选了一块晒垫宽的地方，撒手叉脚地躺上去。我闭上眼，四周一片寂静。不知睡了多久，忘记了世间的一切烦躁和喧闹，这真是一块难觅的清静之地！我正待往下想时，忽地，有一句话"嘭"的一声掉在我的面前："挣到底，不就是一块晒垫宽的地方！"这是一贯少言少语的晚爷爷爱讲的一句话。人世的复杂，生命的深度，原本如此。

回到家，天早已黑了。吃过饭，再一家家去送还乡亲们给我的腊肉、血粑、香肠、米酒、鸡蛋、红薯粉、糯米粑粑……推推搡搡，硬是推搡不掉。我说我领情了还不行吗？他们说："你接着，我们才放得下心。"我说，也要不了这么多。他们就说："又不值钱，又不害人。"送了半夜，送来送去，我的行囊又重了一些。

后半夜时，一两声狗吠骤然而起，之后一串忧郁的二胡声在夜空中深情地徜徉，继而，在夜的黑暗中呜咽。我抬起头，大伯大娘也抬起头。许久，大娘讲："你中宝叔真叫人心碎哩！唉，还不是一个穷字……"大娘边讲边用手抹眼泪。大娘和我讲了中宝叔那个深藏在箱底的蝴蝶结的故事。

那晚，我美美地睡了一觉。梦到那个漂亮的蝴蝶结。梦到蝴蝶结变成了一只真正的花蝴蝶，飞到老背巅山上那块晒垫宽的草地上，看到蝴蝶翅膀上的美丽花纹如一行行书写的爱情宣言。梦到那草地上仰面躺着两个人，看着闪闪烁烁投下来的金币般的光斑，四周堆满了鲜花……我的美梦，为中宝叔，也为我自己。我们不得不相信：忠贞的爱情，其实意味着对美好梦想的守望。

漆黑的夜晚，许多人家的鸡窝里，母鸡在带血丝的鸡蛋上孵出一窝小鸡。鸡生蛋，蛋孵出鸡，代代传下去，乡村也就热闹了。

我一早起了床，心想"早早起，捡财喜"。五伯早在堂屋里把农具一字摆开：锄头、灰筛、扁担、犁、耙、牛鞅、镰刀……先是扯一把稻草，用手揉搓，再一遍遍地擦洗那些农具，然后"梆梆"地这儿敲敲那儿敲敲，该紧的紧，该松的松，五伯十分细心地整理着一件件农具，以至于我站在他身后好久，他都没有发现我。我喊："五伯，早啊！"蹲在地上的五伯抬起头，问我："出发了？"五伯在老家是多读了些书，但问我何时往城里去，用了“出发”这两个字，我还是感到不习惯。我下意识地重复了一句：“出发？”五伯以为我在问他，他接过话来：“是喽。天也暖和了，人也攒足了劲。看看，家伙们一个个排好了队，等着我带它们出发哩！”它们也出发？我到底没有问出声，眼睛已是惊得老大。

我问五伯：“还看书吗？”五伯说：“也看，也不看。再说，要想看，乡村旮旮旯旯儿哪儿不是书？比如说，你眼前的这些家伙，就是一个个文字和符号。”我死劲儿地往眼前的农具堆里瞧，可实在瞧不出什么。我求助地望着五伯。五伯说：“亏你还是个读书人呢！你想想，镰刀不是一个问号吗？”我一下子得到启发：“哦，哦，锄头是顿号，灰筛是句号，扁担是破折号，耙是省略号……牛鞅呢？”五伯满意地点点头，把牛鞅拾起来，套在自己的肩上，说：“看，像不像个书名号？”我看着驼背的五伯套着牛鞅站在那里，眼里滚落一粒东西，忙抬头去看远方，远方一声长长的车鸣响起。

我走了，揣上一个土语的乡村上路了。

“一两星星二两月，三两清风四两云……”我念叨着一首童谣。泪眼蒙眬中，怎么走我也走不出我的土语之乡。

（摘自《读者》2015年第4期）

不能遗忘的餐芳往事

刘净植

家里两年前种的那株玉兰终于在今春开了花，粉紫的花朵开得非常旺盛，大朵大朵的，花瓣晶莹肥厚，在春日的阳光下格外诱惑人的眼睛。

我忙回头去问奶奶和姑姑："这花瓣吃得吗？"

姑姑笑了："这个怕不行，是叫辛夷吧？是中医里可以入药的那种。"

奶奶说："原来我们家里吃的那个，叫白翰林。"

如今住在都市里的人们，在逼仄的楼房间养出一两株花殊为不易，光顾着清心养眼都嫌不够，要说吃，犹如焚琴煮鹤一般煞风景。然而自古以来，在我们祖先传统的生活中，"餐芳饮露"不仅是诗人自喻高洁的一种方式，伴随着季节的更替，在自家的花园或庭院中采撷时令的花朵入馔，更是日常生活中最自然不过的事情。清代顾仲的《养小录》中"餐芳谱"一节，便十分家常地记录下二十多种鲜花的食用方法。

在鲜花盛开的季节于唇齿间品尝芬芳，似乎在今天已成为一种遥远而奢侈的想象。但在我童年记忆中的故乡，家家都有自己的小花园，四季离不开娇艳芳香的花朵陪伴，“餐芳”便成为故乡的饮食生活中最寻常自然又优美惬意的一部分。

奶奶的娘家，有一株高高的白玉兰树。每年春天，远远就能看见那一树白鸽子一样的花朵，嗅得到沁人心脾的清香，那就是奶奶所说的“白翰林”。白色的玉兰花开得硕大，花瓣肥厚饱满。早晨摘下几朵，用鸡蛋、面粉调的面糊拖过，在油锅里一炸，金黄金黄的，捞上来，吃在嘴里脆生生的，又香又甜。

外婆家没有白翰林，却有牡丹。遇上家里打牙祭，炖了鸡汤或是氽了肉片汤，在春天的花园里信手摘下几朵正开得娇艳的牡丹，花瓣洗净了放在炉旁锅边，就是一道粉嫩的时鲜涮菜。用筷子夹起花瓣在滚开的肉汤里边涮边吃，眼中是美丽的颜色，口里是满足的鲜香。

同样称得肉汤最佳搭档的是新鲜的南瓜花。南瓜花有雌雄之分，雌花留着结瓜，雄花授完粉之后便上得餐桌了。嫩黄嫩黄的时候摘下，整朵整朵地放进肉汤里，仿佛把春天的滋味也煮到了汤里，吃起来分外地清爽。若是将花朵和肉片同炒，或干脆清炒了吃，味道也是一流。

整朵入馔的还有萱草的花朵，我老家叫它金针花。每到初夏的傍晚，正是后院里萱草开花的最佳时光，橘红色的花朵跟火焰一样，烧得直耀人眼。到了早晨，奶奶会摘下一两朵开到盛处的花儿，用细细的竹条从花柄处把它们串起来，两三天便串出一个橘红色的小花环，挂在火炉上方的高处晾干。从夏天一直到秋天，黑黑的屋梁下总是挂着几串火红的花环。每到奶奶取下那花环，把如同风干的火焰般的花朵撸到大碗里用开水泡软时，我们就知道有美餐了——鲜艳的金针花一定是放在鲜香的肉汤里煨煮的，大朵大朵的，有如初放，让人有说不出的愉快。

到了秋天，我们有可以清心、明目、去火的菊花。屋后的花台下有一蓬小菊，秋风渐起，小白花朵开得密密的，霜降之后花儿会从雪白变成粉紫，风儿一吹，清新怡人的香气在屋前的院子口都闻得到。待到早晨，奶奶和姑姑会把小花朵摘下来，放在蒸锅里轻轻蒸一下，然后晾干。花朵干了以后，清新的菊花茶便随时可泡饮了。姑姑说，把花朵蒸一下再晾干，花瓣就不容易脆碎，茶水泡开之后又会是一朵朵完整的花儿绽放在水中，那多好看啊！把鲜花稍稍蒸过再阴干，这是故乡存制干花保持花形的一种方法。

小菊入茶，大菊则更有吃法。说不清楚故乡的菊花有多少种，我只记得五彩缤纷的菊花开得丝丝缕缕的。把各色繁茂的花朵摘下，那花瓣便可以用来做菊花豆腐。头天晚上先泡好黄豆，用家里的石磨磨好豆浆，在锅里烧开豆浆，把洗净的新鲜花瓣放入，再用酸汤（当地用青菜发酵制作出的酸菜的汤汁）一点，豆浆便开始凝固。这时候故乡的人们通常会用筲箕（一种竹编的、日常用来盛放蔬菜的扁形容器）在豆腐上一遍遍按压，让它可以尽快紧实成形。当锅里的汤水变得清澈时，菊花豆腐也就做好了。用刀直接把豆腐在锅里切成方块，就可以盛出来吃了。夹起一坨嵌着菊花花瓣的豆腐，蘸一蘸自制的肉末豆豉辣椒蘸料，放入口中，那滋味令人难忘！吃完，还要喝上一碗颜色清亮的菊花豆腐汤，那种清甜甘美，没尝过的人怎么会知道呢？

不过，每年的“餐芳”，在我记忆中最美好也最有仪式感的莫过于玫瑰开花的时节。可别告诉我都市花店里卖几块钱一支的那个叫玫瑰，那其实不过是与蔷薇、玫瑰杂交过的月季花。真正的玫瑰花花形没那么大，花瓣细碎得多，裹得也没那么紧、那么好看，叶片也小，茎上的刺密密匝匝的，但是花儿芬芳扑鼻，甜香醉人。

不记得是哪一年了，大表姐牵线，从别人家给我们后园里挖来一丛玫瑰，刺蓬蓬的真扎人。可到了开花时节，那满枝的芳香羡煞了一条街的人。待到一片瑰色铺满枝头时，挑一个晴天的早晨，在花瓣上的露水干透之后的八九点钟，奶奶和姑姑会把一朵朵的玫瑰花儿摘下，兜在围裙里拿进屋。屋里的大桌子上早就铺好了干净的草纸，她们一边轻轻地抖动花朵，一边把繁复的花瓣扯落下来，一层层地铺在草纸上。如丝绸般的玫瑰花瓣在她们的指尖跳动着，醉人的甜香也随着这动作满屋地舞蹈。然后，她们会让它们静置上一两个小时。花瓣底下可不是安静的，慢慢地，就会看见有针尖大的小虫子爬出来——小时候的我总是被禁止用鼻子凑上去嗅花，长辈们总会指着玫瑰花瓣下这微小的虫子恐吓："小心被咬成烂鼻子！"

小虫子爬光了，花瓣就晾好了。奶奶照例会拿出那个专门买来的、没上过釉的粗瓷碗，还有一支玻璃捣棒——那原来是爷爷的镇纸，摔断了，正好拿来研磨玫瑰糖。对了，那么香甜的玫瑰花，最适合做玫瑰糖。先在粗粝的碗底放上白砂糖，然后把玫瑰花瓣放进来，用玻璃捣棒把它们和糖研磨在一起。很快，新鲜的玫瑰花汁溅出来了，白糖被花汁溶化了，又香又甜的玫瑰花糖蜜制成了。研得越细，糖蜜越稠。把研好的糖蜜放到洗干净的玻璃瓶里，再接着来。就这样一点一点地慢慢磨，一天下来，可以得到不及茶杯大的小小一瓶。每年，大概家里能做上个三四瓶玫瑰糖，送了极亲近的亲友，自家就靠着那一两瓶封存的宝贝蜜糖，享用一年。

我无法形容那玫瑰糖有多么甘美芳香，只知道四季要吃的各种甜品，无论是冬天的汤圆馅、夏天的甜汤凉饮、秋天的月饼心子，还是宴席上必需的那道甜点，只要放上一点点自制的玫瑰糖点睛，那滋味便芬芳无比。

而且即便是存了一年，那糖的颜色还是花瓣的颜色，加在甜品中，能看见淡淡的瑰色。我们家的玫瑰糖，也因此十分出名。玫瑰不是我家独有，也有人家做了玫瑰糖来吃的。可是我在别处吃到的玫瑰糖，不是颜色黑紫不及我家里的鲜艳好看，便是玫瑰的花瓣有一股涩涩的味道。奶奶和姑姑笑道："他们不知道玫瑰花瓣不能沾铁器和石器，沾铁杵会变黑，用石臼舂出来味道也不好。"所以，家里才会用粗瓷碗，用玻璃杵。而且，像奶奶和姑姑那样的巧手细工，也不是一时能学得好的吧。

另外，如果那花瓣不做蜜糖，也可以直接晾干了来泡茶喝。但是，加了玫瑰花瓣的茶叶，哪抵得上用花露浸润出来的玫瑰茶香呢？奶奶从不把花瓣晾干了泡茶，她娘家的长辈们教给她一个好法子：待到玫瑰怒放的傍晚，用干净的白布缝个小袋子，把茶叶装进去，然后敞开袋口，把茶叶袋挂到玫瑰花的下面。第二天早上把袋子收回来，玫瑰花的露水已经深深浸透了茶叶。这样制成的玫瑰茶，威力是在冲泡开来之后，满室的芬芳，满口的甜香，那样的惬意仿佛神仙。

然而，那样的惬意如今却只能在我的想象中不断回味了。

随着故乡急急忙忙用水泥楼房和机动车追赶着现代化的步伐，随着举家迁往都市的改变，原来房前屋后的自家花园没有了，四季常伴的繁茂花木不见了，玫瑰的甜香越来越远离我的生活，唇齿间花儿的芬芳也在记忆中变得遥远。曾经以为稀松平常的生活和饮食习惯，待到它已经远离的时候才惊觉美好。也正是因为这样的习惯曾经那么家常，在它不知不觉地远离的时候，人们才不能立刻意识到珍贵！

在我的身边就这样无声地流逝的传统，又何止是故乡令人沉醉的餐芳往事呢？如今我只能在记忆中一遍遍去温习：我们曾经有那样开满鲜花的缤纷庭院，随手可以摘几朵喜欢的大丽花插在屋里的花瓶中，别一朵晚香玉在衣襟上添一点香气，闲聊着明天的早餐大概可以炸面拖玉兰或是花椒尖，百合该到什么时候吃得了……香气袭人的玫瑰花枝下，有小小的白色影子或明或暗地张望，那是奶奶的白布茶包醉染馨香，随着入夜的清风，在那里轻轻地晃啊晃！

（摘自《读者》2009年第10期）

公交车记

赵　瑜

一

公交车是城市里最为直接的生活剧场。车窗就像电视屏幕，司机是那个态度傲慢却不容易被换掉的主持人，座位上和走道站满了没有台词的本色演员。舞台上间或演出温情、偷盗、骂娘的奇特情节。

通常，我是从熟悉一辆公交车开始熟悉一个城市的。

在公交车上，我最喜欢听学生和女人说话。

那些放了学的中学生，讲述的都是明清笔记小说风格的故事，他们的老师站在讲台上不是在讲课，而是给他们表演幽默的节目。譬如他们嫌弃老师的鼻音太重了，手指头是兰花指，粉笔老是拿不住，还有上衣太小了，老是露肚脐眼。孩子们的对话让我觉得荒唐又吃惊，当时我正在一所大学里代课，虽然课时不多，但也总会往黑板上写字。我一下子就想到自己，会不会也有兰花指，会不会在写字的时候上衣一直往上飞翔，露出学生们在宿舍里谈论的笑话内容。

女人们的谈话则趋向于“金瓶梅”风格，胸罩的价格，夜晚睡眠不好的原因，邻居家的动静很大，好色同事的一些暧昧细节，奶粉涨价导致自己必须多吃一些好东西给孩子提供奶水，所以身体就胖了，等等。有的女人说话很慢，不轻易谈论私人的生活，只是轻描淡写地说一下汽车、家具或者前几天和一个香港来的女人喝茶的情景。有时候，她们说话间还会相互讽刺，然后哈哈大笑，她们占据着车厢里大把的座椅，有老年人过来也不让座，把公交车完全当成了咖啡厅。

我如果正好站在她们身边，便会死死地盯住一个女人看，把她看羞了去，让她沉默为止。

我把公交车当成了我的日常手册，我在一次又一次疲倦不堪的拥挤中发现了自己的勇敢或者孱弱，智慧或者懒惰。

二

我经常坐的2路车是一班绕城的公交，路线出奇的曲折。小偷扎堆在这趟车上作案。

有一次看到一个外地人在公交车上号啕大哭，他的5000元现金被偷了，那是他给母亲做手术的钱。他是一个长相结实的中年男人，哭得很真实。

公交车停在了半路上，有人打了110报警。

我带头给他捐了10元钱，全车有不少人给他钱，他一边谢我们，一边号啕大哭。

全车人都被他的哭声打动，整整一天的时间，我的心情都没有转变过来。

那一天，我给办公室的同事，楼下银行的朋友，一起喝酒的其他朋友一一描述那个男人的哭泣。有一个朋友怀疑地问了我一句，不会是专门表演的江湖骗子吧。他的话让我的心咯噔一下，但我马上就否定了他。我说，江湖骗子的哭也很像的，但是，鼻涕不会那么流出来。很明显，那是悲伤欲绝所致。我仿佛生怕自己遇到了骗子一样，拼命地搜集自己对那个哭泣的中年男人的印象，衣服，说话的口音，眉头，说话嘴唇时的颤抖。虚假的表演和生活的真实永远是有区别的，表演的动人，更多的是借助曲折的情节和很漫长的铺垫。可是，这个男人压根就没有说任何关于母亲的病，他只是在那里声嘶力竭地哭，用眼泪复眼泪，用疼痛复疼痛的方式来表达自己。

果然，第二天，报纸报道他的事情，经过公交反扒民警的两天努力，该中年男子的5000元现金找到了，而且警察又捐了数千元钱为他的母亲做手术。

这是我见过的最圆满的一次被盗事件。

公交车总会给我一些超出生活表象的一些结论让我思考，比如假相。

是夏天，车上的人很多。有两个人从远处跑过来，全车的人都看到了，透过后视镜，司机也应该看到了。可是他并不停下来，而是加大了油门，车像愤怒的公牛一样奔跑起来，把两个年轻人甩在了后面。车上很挤，但是再上两个人还是可以的。我大声地叫喊，说，司机，你这么不讲道德，人家都追上来了。

我的话引起了大家的共鸣，一个中年女人说，现在不是不允许拒载客人了吗?

可是，那个司机却不冷不热地说："那两个人是小偷，经常扮作赶公交车的样子，上车来就直喘气，然后脱衣服什么的，顺便就开始掏钱包了。"

一下子，全车的人都不再报怨司机野蛮了。

那个司机帮助我们认识了生活中的假相，原来，大夏天里，奔跑着追赶公交车的人，并不全是有急事的人，也有可能是小偷。

三

我家附近的公交车站牌很多。有一次，我提前下班，在公交车站牌旁边的一个旧书摊前停了下来。我在那里翻一本旧得发黄的手抄本中草药的书，内容很私密，却很好看。

我在那里看书的半个小时里，有一个老太太跑过来问了我两次时间。我看着她提着的两大包袱衣物，以及她地道的豫西口音，知道她是从乡下来的，等着人来接。

我看书看累了，站起身来看着她，听见她不停地唉声叹气，以为她丢了钱，就问，老人家是不是丢了钱。她看着我，很感激地说："不是哩不是哩，我等我闺女哩，都半个小时哩，咋还不来哩。"她每句话都加一个哩字，让我觉得很新鲜。

正要和她说些别的来缓和一下她的焦急，她的女儿骑着一辆自行车飞快地冲过来，大声说："妈，你等急了吧。"

谁知那个老太太却一下改口说："没有，我刚刚下车，公交车特别慢，我刚下车。"

那个女儿舒了一口气，把行李放在自行车的后座上，和老太太一起慢慢走了。

我看着老人家，觉得特别感动。

有一次，从火车站回家，坐了一路人比较少的公交车。

车上有一个穿长裙子的女孩，她在等车的时候就大声叫喊着，想要随便找个男人嫁了什么的。

她长得过于一般，且装扮俗艳，说话所选择的词语大多粗鄙。声音很大，总要占领别人。总之，我和车上所有的人都对她白眼。

公交车过一个立交桥的时候遇到了红灯。那个女孩竟然拍着车窗大声对着一个正在打扫道路的清洁工大声叫喊：妈，妈，妈。

她的母亲听到了，张着嘴巴说了句什么，但离得太远，风把她的话吹到了别处。

车上装扮俗艳的女孩子不管，大声对她的母亲说，我去给你换衣裳，衣裳。

这次她的母亲仿佛听到了，向她挥挥手，表示同意。

那个女孩子不说话了，车一下子安静起来。

全车的人都被女孩子教育了。她在公交车大声叫她的母亲，而她的母亲是在立交桥下打扫卫生的清洁工。

这是多么值得炫耀的母亲和女儿啊。

我的心为这个长相粗俗的女孩柔软了一路。

有一次，大雪覆盖了我们所在的城市，道路瘫痪了。我从单位步行回家，走到住处附近的时候天已经完全黑了。我发现有一辆公交车坏在了十字路口，尾灯一闪一闪地提醒着其他车辆。我费了很大的劲儿才绕过这辆公交车，向西走，拐入一个黑咕隆咚的小路。那条还没有正式挂牌的小路就是我们小区所在地。

黑暗中我三番五次地滑倒，手上身上全是泥。突然，我身后面递来一束灯光。是那个公交车司机，听到我摔倒的声音，把车前灯打开了。

那灯光曲折地照耀了我的一小段人生，让我对公交车司机这个职业有了温暖的理解。

公交车，是一个阶层的表征，它界定了大多乘客的物质和精神状况。但同时，它也是最精彩的一个剧场。我们自认为看懂了它，却往往被它的节目戏弄。

（摘自《读者》2010年第2期）

卧铺闲话

乔　叶

1

应该是2018年的初秋吧，我去江苏东海开会，搭乘下午4点46分的火车返程，那是一趟K字头的普快车，彼时那趟线路还没有开通高铁。在我第一次坐火车时就知道一个说法：K代表“快”。而如今，这K却意味着慢，有种声东击西的幽默感。

不过，连云港也有机场，只是航班不直飞郑州，那就还不如坐火车，哪怕是慢些的火车。毕竟是在陇海线上，虽然慢，却可以直达。这时候的慢，又成了另一种意义的快。

我的票是软卧车厢的一号下铺。包厢门紧闭。我敲了敲门，没动静。

拉了两下，没拉开。正准备再去拉，里面便有人替我拉开了。是个老爷子，看着有六十岁出头，黑红脸膛，十分方正。拉开门后，他便又躺在了方才的铺位上，那正是我的铺位。待我说明，他便起身，坐在了对面。那里已经坐着一个老太太，也是六十岁出头的模样，身材已经发福，脸盘却隐约透着当年的娟秀。她铺位板壁的衣钩上挂着一个鼓鼓的大塑料袋，清晰可见装着鸡蛋、卷纸、苹果、馒头、面包之类的物事，还有两碗红艳艳的方便面。

我想把行李箱放进包厢门顶上的行李搁架，却又懒得托举。正犹豫着，就听见老太太说："放那儿吧。"她指的是茶几底下那一小块空地。

相视一笑。我放好行李，坐下。

"二位是从哪里上车的呢？"我问道。

"连云港。"女人说。

"去哪儿呢？"

"兰州。"男人说。

男人的口音像是西北人，女人的口音却像是连云港这边的。

"你们是连云港人？去那边旅游？"

"我们就是兰州人。"

我喜欢兰州，兰州的面、鲜百合、盖碗茶，都好。兰州人说话也好听。还有兰州这个地名，美极了。

2

6点钟，外面过道上响起叫卖晚饭的声音。老太太一样一样地拿出塑料袋里的吃食，招呼老爷子下来。小小的空间很快被丰饶的气息充满。茶叶蛋的咸香，苹果的甜香，方便面的酱香……

我素来不喜欢在旅途中吃东西，就什么也没吃。

“您不吃饭哪？”老太太说。

“不饿。”

“吃点儿吧。”她把一个馒头递过来。

“谢谢，我真不饿。”

她继续吃着自己的。吃完了，也收拾完了，她又把馒头递过来：“多少得吃点儿啊。”

她这样，可真像妈妈。普天下的妈妈，都是这样吧。

“这馒头是我自己蒸的，好吃着呢。”她说。

我接过来。“自己蒸的”，这对我有着巨大的吸引力。所有家庭主妇亲手做的吃食，尤其是面食，对我都有巨大的吸引力。她们各有各的风格和喜好，却也有共同之处：结实、筋道，包含耐心，用韩剧《大长今》里的说法，就是充满了对食物的诚意。

平日里，我从不在超市买馒头。我吃的馒头都属于特别定制——姐姐在乡下蒸好，要么托人捎带，要么发次日即达的快递。收到后我就把它们冷冻在冰箱里，随吃随取。

手中的馒头暄软圆白，白中还泛着一层舒服的微黄，散发着我熟稔的面香。

“我放了碱的。”老太太说。

“嗯，我看出来了，碱色揉得匀，好吃。”

“榨菜呢！”老爷子对老太太喊。老太太闻声答应着，把榨菜朝我递来。我这才明白，老爷子是在提醒老太太让我吃榨菜，却不直接跟我说。尽管有那么一点儿封建，却也有那么一点儿可爱。

在老太太的指导下，我把馒头一分为二，在里面夹上榨菜，一边吃一边夸。老太太看着我吃，脸上笑意盈盈。

3

睡觉还早。那就再聊会儿天？

“你们去连云港是有啥事？”

“看外孙子。闺女嫁到这里了。”

“您几个孩子？”

“就这一个闺女。给了这儿了。”

“怪不得呢。得常来吧？”

“嗯。太远了。”

“你们可以今年来看她，让她明年过去看你们。”

“不行。他们没假。闺女回去待不了几天，最多也就一个星期。我们退休了，来看她方便。140平方米的房子，还带有阁楼，住得倒是挺宽敞。”

这是成年子女和父母之间最常见的生活模式。那姑娘应该是“80后”。这是一对公职夫妻，他们青春盛年的时候，计划生育正是铁律，所以他们只能有这一个独女。女儿成年后远嫁，他们也就只能千里迢迢地来看她和她的孩子。

“小外孙多大了？”

“小学三年级，9岁。”

说着，她便翻开手机，给我看外孙子的照片，虎头虎脑的一个壮小子。

“多好啊。你们三代同堂，这就叫天伦之乐。”

“乐是乐，其实也挺累。一天做三顿饭，还得打扫卫生，洗衣裳……

忙得停不住。闺女说，不叫你干你非干。唉，我是闲不住呀，看见啥就要干，想起啥也要干。可是身体真不行了，顶不住。回去歇歇，歇过劲儿了再来。”

“您蒸的馒头太好吃了。”我说。

“我这儿还有饼哩，更好吃。”老太太说，“也是我自己做的。”

这一瞬间，两个连对方的姓名都不知的女人，只认识两个多小时的女人，达成了最大的默契。

4

手里的饼微微有些暗褐色，圆鼓鼓的，娇小玲珑，轻按一下，却是硬硬的，没有弹性。我说看起来有点儿像面包呢，老太太反复强调，不是面包，就是饼。是用烤箱烤出来的，是核桃饼。用油和鸡蛋和面，然后加入核桃碎，烤出来酥香得很。

“你尝尝就知道了。”

果然比馒头还好吃。我自是极尽赞美，说郑州街上虽也有卖的，却不如她的手艺。老太太得意地说：“那些开店的，咋舍得放这么多好馅料？”

我吃着听着，频频点头。

甘肃我去过多次，就聊起了静宁的苹果、苦水的玫瑰。老爷子也起了插话的兴致，问我去过陇南没有，我说去过。原来他老家在陇南。我说陇南好呢，不缺水。在甘肃，不缺水的地方少。

老爷子点头，庄重地重申：“不缺水。”

5

10点钟，顶灯熄了。我早早开了小壁灯，晕出一小片光。老太太也摸索着开了小壁灯。

老爷子的鼾声已经轰炸了过来。

“会影响你吧？对不起啦。”老太太说，“我是惯了。”

“没事，我一会儿就下车。”我说。

很快，老太太的鼾声也响了起来，和老爷子的一轻一重，构成了二重唱。

黑暗中，我闭着眼，在这热闹里，渐渐地，却沉浸到一种踏实的安静中。自打高铁开通，就成了我的出行首选，许久没有坐过这种夜火车了。咣当咣当，稳稳的。高铁，怎么说呢？虽然快，却是一种单纯的快，总怕错过站，更像是赶路。而这夜火车，却是慢中的快，也是快中的慢。这种感觉，真是美妙。

美妙的还有这一对平凡的老夫妻。我忽然觉得，若不是担心坐过站，我肯定也能在他们的鼾声里睡着，他们的鼾声于我而言，并不怎么陌生。就像他们的家长里短和喜怒哀乐，我也都不怎么陌生。我甚至有些自负地认为，他们没说出口的那些，我也能推测出个八九不离十。因为，我和我周围的人，我们的生活和他们的生活，从根底上去看，都是一样的。

我爱他们，我爱他们的这一切。而我这个无能的人啊，表达爱的方式，也不过是在这短暂的旅程里，去最大程度地迎合他们，和他们乖乖地聊一会儿天。好在他们也喜欢和我聊。我猜想自己在他们眼中是这样的：一个脾气不错，话挺多，敦敦实实的，喜喜兴兴的，胖姑娘。

（摘自《读者》2020年第16期）

山中何所有

黎武静

"山中何所有，岭上多白云。"

南朝时，陶弘景在诗句里悠然述说人生理想："只可自怡悦，不堪持赠君。"这般怡然风景，这般宁静自得的恬淡情怀。

山，寄藏着无数人的梦想。是啊，山中何事，谁不慕林泉高致，谁不爱溪瀑流云，那一片深浓的绿意诗篇，那一曲悠然婉转的桃源笙歌，遮住了山外熙攘，避过了人来人往，在这青山绿水间，有好梦酝酿、花叶生发。

山中何事？张可久道："松花酿酒，春水煎茶。"亲手酿一杯酒，亲自煎一盏茶，在小小的日常生活里寻找自我。这不过是生活里的琐碎事情，为何他写出来，却有着诉不尽的诗意氤氲，仿佛眼前的一幅画，那水正滚滚地开着，咕嘟地吐着泡泡，一切正在发生。

山中何事？想起《儒林外史》中的句子："买只牛儿学种田，且向山中过几年。"愿望虽小，弥足珍贵。平淡的生活，平淡的诗句，刻在记忆里历久弥新。山在那边，梦想永远在别处，距离造就了美。

千篇一律的生活里，我们大概总是要向往远方的远方。因为不在身边，所以有着许多想象的空间，涵养出浪漫的氛围。

那时正当稚龄，第一次登山，山的名字就叫白云山，名不虚传，果然白云绕峰，崖岩峭立，满山酸枣酸酸甜甜的滋味令人难忘。光着脚踩在流水中，细沙温柔，波光粼粼。连在山坡上摔的那个大跟头，都成了顶好玩的童年回忆。

过了几年，和朋友们登山，结果看山的看山、看书的看书、看风景的看风景，七零八落、各自为政，在半山腰就听到先行登顶的人在山顶上潇洒地呼喊。回程时都累蔫了，恍如隔世。

爬山成为一种旅行的游戏，我们去玩、去闹、去放松自我。短暂地脱身，尽情地在路上。

山中何事，不过是一个小小的愿望："松花酿酒，春水煎茶。"

（摘自《读者》2016年第15期）

摸叶子

施立松

1

船的螺旋桨，有三个叶片，渔民就称螺旋桨为叶子。摸叶子，是指清理缠在叶片上的杂物。船行驶在海上，高速旋转的螺旋桨常常被破渔网、绳索、海藻等杂物缠住，导致发动机熄火。失去动力的船只能在海上随风漂流，遇上大风，船毁人亡都是常事。于是船员中水性好、身体壮、扛得住风浪侵袭、挡得住寒风肆虐的，就会口衔尖刀，跳入海中，潜到水下，摸到叶子，割开缠绕的杂草断绳。但水性好、身体好、胆子大、手艺好的渔民毕竟不多，通常的解决办法是，让别的船把失去动力的船拖进港湾，让专事摸叶子的人来处理，或是让摸叶子的人坐船到出事的渔船边，下海摸叶子。在洋上摸叶子，更凶险，因为有洋流暗潮，加上风大浪急，摸叶子的人很容易被潮流卷走，也容易被潮水挟持着，脚或手缠在叶子的破渔网、绳索、海藻里，一旦挣脱不开，就再也浮不上水面了。

2

我第一次见到哥摸叶子，是在一个天寒地冻的冬日傍晚，厚密的雪粒在海岛凛冽的风中，变成锋利的飞刀，割得脸庞生疼。放学回家的路上，我缩头侧脸躲着“飞刀”，脚下一滑，跌了个四脚朝天，手掌撑在一块碎玻璃上，顿时鲜血直流，或许是疼，或许是冷，又或许是惶恐和委屈，我号啕大哭起来。哥抓了路旁一把枯黄的细草叶子，轻轻擦去我手上的血迹，然后牵起我的手，侧过身子，把我拉到他的背上。在泥泞的小道上，哥背着我，慢慢地走回家。

回到家，哥用热水给我清洗手上的伤口和血迹，到门口扯了几片草药叶，在嘴里嚼了嚼，敷在伤口上，又用手帕包好，然后舀了用红薯丝熬的汤，给我泡脚。一入冬，我的脚趾就全部长了冻疮，十个趾头红红的，像火柴头，有的开始溃破，有的已流出脓血。哥不知从哪里得来的秘方，说用红薯丝汤泡脚能治冻疮，就每天给我泡。他粗糙的掌心抚过我的脚底，痒得我咯咯直笑。爹去世后，我很少笑了。

哥帮我按摩着长冻疮的脚趾，突然听到有人喊他的名字，哥边帮我擦脚，边应和着。那人推了门，也不进来，只站在门口喊：“‘五马’返航了，叶子坏了，让你去摸叶子。”“五马”是条渔船，从温州五马街购来的，是本岛上的第一艘机帆船，爹是这艘船的第一任船老大。哥应了声“好”，转身上楼拿起父亲的旧棉袄，跟着那人去了。我喊了声“哥”，他回转身，摸摸我的头，说："乖，等会儿买牛粪饼给你吃。"牛粪饼是一种芝麻甜饼，形状像一层层牛粪，极好吃，以前爹每次打鱼回来，都会从码头的代销店里买给我吃。

娘收工回来，听说哥又去摸叶子了，叹了一声："作孽哟，这大冷的下雪天！"娘顾不上吃饭，忙着切生姜，喊我烧火，很快，姜汤煮好了，盛在搪瓷杯里，娘用毛巾把它层层包好，又摘下头上的围巾紧紧裹上，匆匆出门。"我也要去！"我冲到门口拉住娘的衣襟，怯怯地喊。娘看着我，欲言又止，顿了顿，说："走吧。"

3

天暗下来，风更急了，呼呼的风声，带着响哨，雪更密了，没头没脑地打在脸上，疼极了。娘一手拢着我，一手搂着那个包得严实的口杯，顶着寒风往码头去。

码头上，只有几个补渔网的人，看到我们，不待娘问，便指了指离岸不远的一艘渔船。不远处，一只小舢板向我们摇过来。小舢板刚靠上岸，娘就麻利地跳了上去，然后，回身把哆哆嗦嗦的我扶上船。

舢板靠上渔船后尾，娘趴在小舢板上，大声喊道："程啊，上来喝口姜汤吧！"喊了好一会儿，水面漾开一圈圈涟漪，哥的头冒出来，嘴里衔着一把白晃晃的尖刀，脸冻成青紫色，嘴唇灰白。哥游过来，靠在船边，把刀子递给娘，就着娘的手，喝了一口姜汤，冲我笑了一笑。娘柔声说："再喝点，姆伢（闽南语，小宝贝的意思）。"娘的眼里闪烁着泪花，声音也哽咽了。我看着整个身体还在海水里泡着的哥，心里像堵了块石头，慌慌的，想哭，却不敢哭出来。哥对娘说："没事，就好了，不用等我，这么冷，带妹妹先回去吧。”说着，接过刀子，游回刚才冒头的地方，消失在海面上，海面只剩下一个个起伏不定的波浪，像狰狞的兽，一圈圈打着转，仿佛在吞噬猎物。娘搂着我，紧紧地，生怕我丢了似的，眼睛紧盯着哥消失的海面，嘴里不停地轻唤着“嗨伢嗨伢”。摇舢板的大爷坐在船尾吸着旱烟，嘴里嘟囔着：“造孽哟，造孽哟！”哥冒了几次头，又几次消失，一分一秒都变得极其难熬，我的眼睛酸涩得不行了，终于，哥又从水下冒出来，双手僵硬地划着水，缓慢地向我们游来。娘放开我，扑到船边，尽可能地把手伸向哥，哥把手搭在娘的手上，娘拼尽全力把完全脱力的哥拉上舢板。渔船上的人把哥的衣裳扔过来，娘拣出爹的旧棉袄，披在哥的身上，又解开自己的棉衣，把浑身发抖的哥搂进怀里，示意我把姜汤端给哥喝。姜汤送到哥唇边，哥唇齿打战，眼睛闪动了一下，想向我笑，却又无力地合上。哥好像连喝姜汤的力气都没有了，姜汤含在口中，老半天吞不下去。好久好久，哥才喝完了姜汤，我端着搪瓷杯的手冻麻了，杯子咣当一声掉在船板上。我用双手包住哥的手，送到唇边，使劲地哈气，哥的手冰得像冰棍，让人本能地想弹开，却又本能地想紧紧地包住，想把自己身体里的热都传给他。

摇舢板的大爷把我们送回岸边，补渔网的人跑过来帮忙把哥拉上岸，大爷对娘说：“艮嫂，别让孩子做这个了，太受罪了，小小年纪，落下病可不是玩的。”娘已说不出话来，点点头，又点点头，泪，流了下来。

4

因为娘不同意哥去做这么危险的活，哥每次都偷偷地去，每次弄得一身青紫、疲惫不堪地回家，娘就边哭骂哥不听话，边把他紧紧地抱在怀里，默默流泪，让我烧姜汤，拿火盆子，为哥搓手脚，直到哥面色回暖不再浑身打哆嗦。

就靠着哥的“不听话”，家里的日子才过得下去，娘的病才有钱治，不再咳得惊天动地，我也才能坐在书桌前，没有跟那些贫困家庭的女孩一样，早早去打工，早早就嫁人。哥在本该任性撒娇的年纪，历经生死考验，修炼出超乎年纪的淡然坚毅。哥身上伤痕累累，还有许多看不见的暗伤，他小小年纪，就患了极严重的风湿病，每到阴天下雨，就痛得吃不下饭、睡不着觉。

因为哥，一听到“摸叶子”三个字，我就条件反射似的打哆嗦，手指上、膝盖里好像有无数针尖在扎，心中有一股子寒气嗞嗞而出。

（摘自《读者》2016年第4期）

麦黄黄　杏黄黄

李　翔

父亲要出山做麦客去了。

第二天天不亮父亲就动身了。他穿一身洗得发白的蓝布衫，头戴一顶半旧的草帽，那是他去年做麦客留的念想。父亲手握镰刀，肩上挎着塞满干粮的黄挎包，对母亲说："今年想走远些，多挣几个，赶麦子搭镰了再回来。"父亲见我在被窝里骨碌骨碌地转着眼珠，指着腰间的黄挎包说："听老师话，好好念书，到时候给你买一口袋杏子回来。"

父亲做麦客去了。

我家在渭北的大山深处，这里麦子熟得晚，父亲趁这时去渭河边上的大平原替人家割麦子。父亲已做过多年的麦客，每次回来，他都要兴冲冲地对母亲和我们兄妹讲那平展展一望无际的庄稼地、轰隆隆的大汽车、一拃来长的惹人心疼的粗穗子、金黄的打着旋的麦浪。我们最关心的莫过于他肩上的那个黄挎包。妹妹伸着小手迫不及待地叫嚷着：“买下杏了吗？我要吃杏子哩。”父亲喜形于色地打开挎包，伸手抓出黄亮黄亮的叫人一见就直流口水的杏子分给我们。“咔嚓咔嚓”地嚼着杏子的时刻是多么舒心美妙呀，至今我还觉得那是儿时一段少有的幸福时光。因为我们这里只有长在山坡上的野杏子，毛桃似的，又小又酸，实在难以下咽。

自打父亲离家后，妹妹每隔两天就仰起小脸问妈妈：“爸爸啥时回家呀？我想吃杏哩。”母亲摸着妹妹扎着红头绳的羊角辫耐心地说：“去看看地里，啥时麦子黄了，你爸爸就回来喽！”我和妹妹便飞跑到山顶的地里去看麦子。那一片片的麦地跟周围茂密的灌木丛一个颜色，妹妹抚摸着翠绿的麦穗自言自语道：“噢，还早哩，麦子还绿油油的嘛！”

下过一场透雨，接着又暴晒了好多天，远远望去，披挂在坡洼里的麦地块儿渐渐泛出了淡淡的亮色，好像打上了一抹光晕。一天早上打山外边飞来一只漂亮的小鸟，那鸟儿站在门前的树梢上不住地啼叫着：“算黄，算割！算黄，算割！”妹妹从炕上一骨碌爬起来，揉着惺忪的眼睛喊道：“妈妈，麦子黄啦！你听鸟都叫了，爸咋还不回来呀？”母亲和蔼地说：“那是稍黄，要真黄了，还得过几天。麦子没黄，你爸咋能回来哩，不信你去看看。”我跟妹妹跑到村口的大槐树下去看父亲，张望了好大一会儿也没见着人影儿。

又过了几天，麦子真的熟了。村里出去做麦客的人相继回了家，山顶上向阳处的麦子已经开始收割了。山路上行人渐渐多起来，有的挑着担，有的拉着车子，有的赶着牲口疾走，路边上散落着许多凌乱的麦穗，麦场上立起一排排士兵一样的麦捆子，空气中弥漫着干燥微香的麦秆气息。“都搭镰了，咋还不见回来？”母亲打发我跟妹妹一趟又一趟地往村口跑，她自己也忙着一次一次去向别人打听，可是一点消息都没有。母亲急了。

蚕老一时，麦熟一晌。我家的麦子能搭镰了，若再等下去，成熟的麦粒就得留在地里。要是遇上冰雹什么的，就更麻烦了，那可是整整一年的收成呀！真是急死人了。母亲心焦似火。第二天一早，母亲带领我们兄妹三个上了地。我们母子四人在灼热的麦地里整整折腾了三天，才勉强割了三亩来地的麦子。要知道今年我家种了十多亩小麦哪，母亲心焦了。

第四天天快黑时，跟在身后拾麦穗的妹妹突然举起小手喊道："快看呀，爸爸回来啦，有杏子吃啦！"我赶快抬起头看，不见人影，却忽然发现身后未割的麦子一阵潮水般涌动，有人在麦浪里伏腰挥镰，随着"嚓嚓嚓"的响声，麦子纷纷倒地。"哦！是爸爸，爸爸回来啦！"我和哥哥不约而同地叫出了声。母亲两眼霎时湿润了。父亲很快赶了过来，在他身后排着一列士兵般的麦捆子，一件件扎得结结实实、整整齐齐。父亲对我们苦涩地笑一笑，淡淡地说："路上耽搁了，回来晚了……"我骤然觉得父亲陌生了许多，才二十来天工夫好像分开了好多年，蓬乱的长发上蒙着厚厚一层尘土，颧骨山崖般凸出来，脸颊水坑一样陷进去，暗淡无光的眼珠一下子掉进了又深又大的井口似的眼眶中，裤腿裂开一道大口子，一尺来长的灰布条有气无力地耷拉在膝盖上。妹妹兴奋地一把抓住挎包翻了个底朝天，见什么也没有，"哇"的一声哭了。父亲擦把汗，手笨拙地伸进瘪瘪的裤兜，费力地摸索出一个皱巴巴的塑料袋。他提起袋子的一角小心翼翼地往手心里倒，骨碌一下滚出一个黄澄澄的大杏子。那杏子在父亲汗湿的掌心里沐浴着落日的霞光，透射出一股奇妙迷人的风采，显得金光灿烂、耀眼生辉，那么大，那么美。父亲用手掌托着这颗孤独的杏子，仿佛托着一座巍峨的大山，手微微有些颤动，好大一会才嗫嚅着说："活难寻……没挣下钱……生了病……买了一颗……好赖尝一点……"说着父亲把杏子给了妹妹。妹妹用婆娑的泪眼看看手里的杏子，看看父亲的脸，又转身看看我和哥哥，反倒不好意思起来，眨巴眨巴眼睛，走到母亲跟前举着杏子说：“妈，你吃吧。”母亲把杏子凑到唇边轻轻沾了沾，说：“娃儿真乖，妈吃好了。”母亲把杏塞给我，我紧紧地攥住这颗温热的杏子，望着父亲那张瘦削、苍凉又略显惭愧的脸，悲切地说：“爸爸，还是你吃吧，我吃杏仁。”父亲接过杏子在牙上碰了碰，说：“多好的杏，真甜哩。”父亲说着把杏子随手给了哥哥。哥哥小心地用门牙微微咬破一点皮，舌尖舔舔，咂吧咂吧嘴，又塞给了妹妹。

原来，那年渭河沿岸有了不少收割机，雇麦客的人少了，父亲跑了好多地方都没找到活。正要回家，在麦地边遇到一个白发苍苍的老婆婆恸哭不止。一打听才得知，老婆婆相依为命的儿子死在了铜川矿井下，老人孤单无助，麦子也没人收。父亲二话没说，一口气帮老婆婆收割、拉运、碾打完毕，没收一分钱。返回的路上淋了雨，发烧了。父亲用仅剩的一分钱买了这颗杏子揣在兜里，赶了两天两夜的路，才回到二百多里外的家。

那颗唯一的杏子在妹妹手心里宝贝似的攥着，过一会儿咬一小口，过一会儿咬一小口，到第二天晚上才吃完。我把杏核细心地晾干，悄悄藏在瓦罐里。第二年春天，我家门前的院子里长出了一棵小小的杏树苗，这棵杏树就是父亲带回的那个珍贵的杏子变成的。至今，那棵杏树还长在我家的院子边上，长在我的记忆里，长在我心中。

（摘自《读者》2009年第7期）

后父的老

刘亮程

我很小的时候，奶奶就已经老了，我们一家养着奶奶的老，给她送终。奶奶去世后，轮到母亲老了，但她不敢老，她要拉扯一堆未成年的孩子。现在我五十多岁，先父、后父都已经不在，剩下母亲，她老成奶奶的样子了，我们养她的老，也在随着母亲一起老。因为有她在，我不敢也没有资格说自己老。老是长辈享有的，我年纪再大，也是儿子。真正到了前面光秃秃的没了父母，我成了后一辈人的挡风墙，那时候，就可以心安理得地老了。

但老终究是不容易的一件事情。

记得有一年，我陪母亲回甘肃酒泉老家，在村里看望一个叔叔，院门锁着，家里人下地干活去了。等到大中午，看见两个老人扛农具走来，远看着一样老，都白了头，一脸皱纹。走近了，经介绍才知道，是叔叔和他的父亲，一个六十多岁，一个八十多岁，活成一对老兄弟，还在一起干农活。

我父亲没有和我一起活到老。

我8岁时父亲去世，感觉自己突然成了大人。13岁时，母亲再嫁，我们有了后父，觉得自己又成了孩子，终于又有了庇护。后父的父母走得早，他的前面光秃秃的，就他一个人，后面也光秃秃的，无儿无女。我们成了他的养儿女，他成了我们的养父。

我18岁时，有一天，后父把我和大哥叫在一起，郑重地给我们交代一件事。后父说，我已经50岁的人了，你们两个儿子，该操心给我备一个老房（棺材）了。这个事都是当儿子要做的。说后面的张家，儿子早几年就给父亲备好了老房。

备老房的事，在村里很常见，到一户人家院子，会常看见一口棺材摆在草棚下，没上漆，木头的色，知道是给家里老人备的，或是家里老人让儿子给自己备的。棺材有时装粮食、饲料，或盛放种子，顶板一盖，老鼠进不去。

我们小时候玩捉迷藏，也会藏进老房里，头顶的板一盖，就仿佛到了另一个世界，外面的声音瞬间远了，待到听不见一丝声响时，恐惧便来了，赶紧顶开盖板爬出来。

家里的老人也会躺进去，试试宽窄长短，也会睡一觉醒来。

其实这些老人都不老，五六十岁、六七十岁的样子，因为送走了前面的老人，自己跟着老上了。

老有老样子，留胡须，背手，吃饭坐上席，大声说话。一般来说，男人五六十岁便可装老了，那时候儿女也二三十岁，能在家里挑大梁，干重活。装老的目的，一是在家里在村里塑造尊严，让人敬；二是躲清闲，有些重活累活，动动嘴使唤儿女干就可以了。

也是我18岁那年，后父开始装老，突然腰也疼了，腿也困了，有时候抽烟呛着，故意多咳嗽两声。去年秋天还能背动的一麻袋麦子，今年突然就不背了，让我和大哥背。其实我们两个的劲加起来，也没他大。

我后父打定主意，要盘腿坐在炕上，享一个老人的福了。

可就在这个节骨眼上，我大哥外出开拖拉机，我外出上学，留在家里的三弟四弟都没成人，指望不上，后父只好忘掉自己已经50岁的年龄，重活累活都又亲手干了。

后父吩咐我们备的老房，也因为种种原因，一直没有做。

后父活到84岁，走了。

距他给我和大哥交代备老房那年，已经过去34年。

后父去世时我在乌鲁木齐，晚上12点，家人打来电话，说后父走了。我们赶紧驱车往回赶，那晚漫天大雪，路上少有车轮，天地之间，雪花飘满。

回到沙湾已是半夜，后父的遗体被安置在殡仪馆，他老人家躺在新买来的棺材里，面容祥和，嘴角略带微笑，像是笑着离开的。

听母亲说，半下午的时候，后父把自己的衣物全收拾起来，打了包，说要走了。

母亲问，你走哪去，活糊涂了。

后父在生产队时赶过马车。在临终前的时光里，他看见来接他的马车，要把他接回到村里。可是，我们没有让马车把他接回村里。我们把他葬在了县城边的公墓。

但我知道，他的魂，一定被那辆马车接走，回到了故乡。在离县城70公里的老沙湾太平渠村，后父家荒寂多年的祖坟上，他几十年前送走的老母亲的坟墓旁，一定有了一串轻微的脚步声，一个儿子回到了那里。

（摘自《读者》2019年第20期）

渡己与渡人

郑明鸿　陈　嫱

今年32岁的刘秀祥是贵州省望谟县实验高级中学副校长，曾是12年前“孝子千里背疯娘上大学”的主人公。

“我初中就知道他的事迹，觉得很神奇，特别崇拜他。”望谟县实验高中高三年级学生韦娟说。因为刘秀祥平易近人，亲近学生，同学们习惯叫他“祥哥”。

“只有读书才能改变命运”

刘秀祥于1988年出生在贵州省望谟县的一个小山村，4岁那年，父亲因病去世，母亲伤心过度，患上间歇性精神失常。

刘秀祥快乐无忧的童年戛然而止，但命运并没有停止捉弄他。他在上小学三年级时，哥哥和姐姐外出谋生，母亲彻底失去生活能力。

年纪轻，体格小，种不了地，刘秀祥将自家土地转租，租金为每年500斤稻谷，这是他和母亲一年的口粮。

被压上了生活的重担，刘秀祥却笃定：只有读书才能改变命运。1995年，7岁的刘秀祥走进学堂。几年的刻苦学习后，小学毕业考试，刘秀祥排名全县第三。

刘秀祥说，那时候乡下没有教育氛围，他却自觉读起了书，这是“一件神奇的事情”。

可由于经济原因，刘秀祥没能如愿进入望谟县当时最好的中学。于是他找到一家民办学校，以摸底考试第一名的成绩免费入学。

“活着不应该让人觉得可怜”

2001年，刘秀祥带着母亲去县城求学。初到县城，没钱租房，刘秀祥用稻草在学校旁的山坡上搭了间棚子。门前空地上挖个坑，架上铁锅，便是厨房。

为了维持生活，放学后，刘秀祥会到县城里捡废品，周末则去打零工。他每周能挣20多元，勉强维持母子二人的生活。2004年，刘秀祥初中毕业，考入安龙县第一中学。

到安龙求学时，刘秀祥身上只有600多元，那是他暑假期间跟着老乡去遵义修水电站挣来的，但这并不足以支撑他租下一间房屋居住。无奈之下，刘秀祥以每年200元的价格，租下农户家闲置的猪圈当家。猪圈四面通透，刘秀祥就用编织袋挡风。

高中3年，刘秀祥边刻苦读书，边打工赚钱维持生计。2007年，他迎来高考，但命运又一次捉弄了他。高考前一周，由于长期营养不良，加之压力过大，刘秀祥病倒，最终落榜了。

那段时间，刘秀祥内心满是绝望，甚至想过轻生。但坚强的他不想轻易放弃，他翻看日记，看到自己曾经写下的一句话："当你抱怨没有鞋穿时，回头一看，发现别人竟然没有脚。"

这句话，让刘秀祥挺了过来。"跟那些孤儿比起来，我至少还有母亲，她虽不能养育我、照顾我，但只要有她在，我就还有家。"刘秀祥说。

他决定再战高考，2007年8月，刘秀祥成功说服一家私立学校的校长接收他入校复读。2008年夏天，他成功考入临沂师范学院（现临沂大学）。拿到通知书时，他抱着母亲大哭一场。

通知书到了，学费和路费却让他发愁。窘境之下，刘秀祥决定："只要能在假期挣够去山东的路费，我就带着母亲去，学校提任何条件、签任何协议我都答应。"

2008年8月，刘秀祥的故事开始被媒体报道，随之而来的还有方方面面的帮助。临沂师范学院为他和母亲提供了临时住处，并为他安排了勤工助学岗位。

入学后，不少热心人和企业都曾找到刘秀祥，表示愿意提供帮助，但都被他拒绝了。刘秀祥说，一个人活着不应该让人觉得可怜，而应让人觉得可亲和可敬。

上大学后，刘秀祥从没停止帮助他人。大学期间，他将部分兼职收入寄回贵州，用以支持初中时捡废品认识的两个妹妹和一个弟弟上学。

“教育的关键在于唤醒”

2012年，刘秀祥即将大学毕业，他接到了来自家乡的电话。电话是刘秀祥捡废品时认识的一个妹妹打来的，她告诉刘秀祥，自己不想读书，要准备结婚了。这让刘秀祥觉得震惊且心酸。他决定回家乡教书。

“我想给这个地方带来一些改变。”刘秀祥说，他想告诉那些处于贫困和迷惘中的孩子：人生必须有梦想。

回乡后，刘秀祥成为一名中学教师。2018年，他被任命为望谟县实验高级中学副校长，曾经拼尽全力守护梦想的刘秀祥，成为一名扶志者。

2015年，刘秀祥主动请缨，接手了高一年级一个班的班主任工作。“我们这里中考总分是700分，这个班的学生中考最高分是258分，最低分105分。没人认为自己考得上大学。”

接过了烫手山芋，刘秀祥决定先从端正学生的学习态度和树立学生的自信入手。为了拉近和学生的感情，他分批次将班上学生邀请到家中，亲自下厨做饭给大家吃。

3年时间的全方位陪伴，刘秀祥让曾经的差班完成华丽转变。该班47名学生全部考上了大学。“中考258分的那位同学高考成绩是586分，中考105分的那位同学也考上了本科。”刘秀祥说，“我想告诉他们，不要低估梦想的力量，你们的老师就是这么走来的。”

当教师的7年多时间里，刘秀祥每个假期都会到学生家中家访，了解情况。他骑着摩托车几乎跑遍了望谟县的每一个乡镇，单是摩托车就骑坏了8辆，先后把40多个孩子从打工的地方拉回了校园。

学生杨兴旺曾因家庭原因和缺乏信心不愿上学。“我没来学校的那段时间，祥哥每次都要打电话和我聊很久。”杨兴旺说，祥哥的劝说让他打消了读书无用的念头，“不管压力多大，我都要努力考上理想的学校。”

在刘秀祥看来，教育的关键在于唤醒，“除了唤醒学生，还要唤醒社会的关注”。刘秀祥到各个地方演讲，用自己的事迹鼓励更多人追逐梦想。至今，他已经到各地演讲超过1100场。

“我最初想，能改变一两个人就足够了。但我后来想，我不可能只改变一两个人。我当班主任，一个班50个人，那我就有可能改变50个人。”他笑着说，“可能很多年后，我改变的人是500个、5000个甚至5万个。”

2018年，刘秀祥入选“中国好教师”。“当时很激动，但我只是一个代表，扎根一线和边远地区的老师太多了。”刘秀祥说，“我只是一个幸运者。”

“我很庆幸自己没有成为社会的包袱，而且有机会实现自己的价值。”刘秀祥说，苦难让他变得更加坚强和懂得担当。

（摘自《读者》2020年第16期）

改 变

张 述

一

在云南大理白族自治州鹤庆县支教的两年里，郝琳硕走访过松桂、西邑两个镇30多个学生的家庭。跋涉在云南乡间的山路上，她偶尔会有恍惚之感，仿佛自己仍然在纽约的街头喝着咖啡，吃着三明治，姿态优雅。

第一天上课，郝琳硕穿了一身西装套裙，让学生们大为惊讶。在那之前的一个月，她还以交换生的身份在哈佛大学的校园里生活，更早是在罗切斯特大学读金融学本科。其他经历还包括在纽约瑞银公司做私人财富管理实习生，在金融机构做投资分析实习生。在旁人眼中，这个北京女孩理应成为华尔街来去匆匆的无数商务精英中的一员。结果，她站在云南这所乡村中学的教室里，成了一名支教老师。

鹤庆二中位于大理州鹤庆县的松桂镇，是最早与“美丽中国”支教项目展开合作的几所学校中的一所。

“我想了解自己的祖国，去看看它鲜为人知的那一面。”当身边其他同学大多选择去投行或金融机构工作时，这个简单的念头驱使着郝琳硕加入“美丽中国”支教项目。2010年9月，她拖着行李箱，拎着一只塞满日常用品的黑色口袋，和队友们从临沧市坐了8小时的大巴，来到鹤庆县城。

郝琳硕很快就适应了新生活，并乐在其中。早上7：20的晨读，她教学生们唱英文歌。课间，学生请老师吃涂了“蘸水”（辣椒粉）的酸木瓜条。中午，师生一起在教室或宿舍吃饭。晚自习过后，她去女生宿舍和学生们聊天，临睡时为她们掖好被角，互道晚安，再回自己的宿舍备课、批改作业。有时，她会出门吃一碗路边阿娘卖的米线，雨季里会跟着学生上山采蘑菇和松茸。

学生福根的成绩是全班最差的，平时也几乎不与其他同学说话。郝琳硕来到他家后才得知，福根的父亲在6年前就去世了，母亲靠打零工勉强维持生计，姐姐退学去了昆明打工。与福根的母亲聊天时，郝琳硕听说福根喜欢跳舞，就鼓励他在学校的艺术节上表演，还带着他去找音乐老师编舞、排练。演出当天，1700多名学生齐声高喊着福根的名字，表演结束后，大家给福根送上一颗颗代替鲜花的糖果，现场如歌星演唱会一般气氛热烈。捧着满满一大把糖果，福根低着头腼腆地笑了。

这些家访的经历让郝琳硕陷入沉思。和中国许多地方的农村一样，她的学生重复着父辈甚至祖辈的生活，每个周末步行几小时的山路回家，种庄稼、种烤烟、养蚕、放牛、养鸡、喂猪、上山采蘑菇、为家人做饭，去过最远的地方就是鹤庆县城。在学校，他们普遍厌学，更不会主动思考如何改变自己的生活、家乡和未来；他们最常听到的说法也是："好好学习，然后离开这里。"因此，大部分学生初中毕业后就去城市里打工，再也不回家乡。少数考上高中的孩子同样以"逃离"为目标，教育成了送他们"出去"的工具，家乡却只能在持续的人口流失中一天天衰败下去。

"教育改变命运，孩子的命运可以改变，大山的命运谁来改变？我想，要让孩子们明白，学习对生活是有帮助的，也要让他们懂得，学习不仅意味着离开，更意味着回来，回来用自己的智慧和能力，肩负起改变家乡命运的重任。"

这样的想法，成为"让家乡的明天更美好"项目的缘起。

二

按照郝琳硕的计划，这是一次调研活动。8周时间内，学生们将被分为若干个小组，分头考察当地的历史地理情况，寻找村里的问题，再据此制订解决方案。老师们希望通过此次活动，让学生们多关注家乡，愿意以后回来建设家乡，也希望他们在面对困难时有解决问题、改变命运的勇气。

一开始活动差点儿夭折。

郝琳硕把计划提交给校长段宏江，校长又上报到县教育局，可是没得到批准——领导担心这会影响学生的生活和学习。老师们尝试给县教育局打电话，还通过"美丽中国"支教项目组的工作人员给县教育局发函，都没能成功。后来，郝琳硕决定自己去一趟教育局。

那天，郝琳硕一大早就出了门，坐最早一班中巴到了鹤庆县城，守候在县教育局门口。她惴惴不安地等到7点多，终于等到局长来上班。她快步迎上去，用最简短的语言做了自我介绍："局长，我想找您聊一聊。"还没来得及往下讲，就被局长打断："你先回去找你们校长谈吧。"

那一刻，也不知哪儿来的勇气，郝琳硕紧盯着局长的双眼说："我可以等，我就在这儿坐着，我跟您聊5分钟就行。"局长顿了一下，重新打量起眼前这个女孩："你跟我进来。"进屋后，局长给郝琳硕倒了一杯水，仔细听她讲完计划，当场给段校长打电话表示同意。

首战告捷，老师们马上开始活动的筹备工作。孩子们不知道什么是调研，甚至连电脑都没用过，学校为此开放了机房，让老师每天中午教他们使用搜索引擎。孩子们不了解村子的历史，老师就指导他们去问当地的老师、村干部和村里的老人。有学生觉得任务太难，想要放弃，老师就每周分享励志故事，增强他们解决问题的信心。

郝琳硕本以为，孩子们会找一些诸如种庄稼缺水等显而易见的问题，等各小组上交报告后她发现，学生们的表现超出了预期。她和一个女孩去当地一座金矿调研，孩子主动和工作人员聊天，问了不少"犀利"的问题，如："在这里开矿，会不会破坏当地的环境？"问得对方不知该怎样回答。

郝琳硕在旁边为学生捏了把汗，也暗自佩服。

其他小组也不乏让人眼前一亮的选题。有的小组调查了水污染，有的调查村民的赌博行为，也有"保护传承白族服饰与舞蹈"的选题。还有学生意识到，当地许多家庭都以种烤烟作为经济来源，但烟草损害人体健康，该如何评价其中的利弊？郝琳硕评价："这就是很好的批判性思维，这些孩子的创造力、想象力都很强，能看到问题的两面性。"

连校长都对学生的表现感到惊讶，他在当地任教近30年，还是头一回见到这些腼腆的孩子在公众场合大胆发言。他当即向老师表示："如果你们想把项目做下去，我们支持。”学校还建起垃圾池，对垃圾进行分类处理，此前，当地从未有过“垃圾箱”的概念。

三

活动大获成功，深受鼓舞的老师们第二年又筹办了“让家乡的明天更美好”项目，声势更加浩大。

这一次，他们众筹了8万元，附近两所学校也参与进来。每个小组还有一位当地老师负责指导，他们大多任教多年，对当地情况了如指掌，更对这别具一格的活动形式感到新奇，因此分外投入。

从此以后，“让家乡的明天更美好”项目作为鹤庆当地的特色教学活动固定下来，每年关注一个主题。2013年的主题是“职业”；2014年的主题被定为“创业”；2015年是“家乡现有环境问题”和“家乡的昨天、今天与明天”；2016年，参赛学校各自设计主题，如“美丽乡村，难忘乡愁”“家乡的美好与问题”“家”等；2017年的活动主题是“咱们鹤庆好风光”，学生们以旅游业为线索，调查家乡的景点：黄龙潭、草海湿地、马耳山、石宝山等，每一处景点都留下了他们的足迹。

鹤庆二中的学生小盛之前一直是学校政教处的“常客”。2013年，他看到活动的主题是“职业”，觉得好玩，便和同学报名参加，还担任了组长。他们调研的职业是建筑工人，这正是小盛父亲的工作。小盛在总结心得时写道：“这次采访父亲，才发现在太阳底下做建筑工人的他有多么不容易。”那天晚上，父子俩罕见地坐在一起边吃边聊，儿子问：“怎样才能做好一个建筑工人？”父亲告诉他，自己当初是如何跟着师傅一砖一瓦地学技术；一开始工资很低，练了很久，技术熟练后才慢慢涨起来。

灯光下，父亲黝黑的脸庞上满是艰辛岁月的刻痕。

“我第一次意识到，自己经常在学校打架是多么不负责任。”小盛写道，“父亲靠做体力活支撑一个家本就不容易，我还在学校惹了一堆麻烦让他来解决。这次调研使我跟父亲更亲近了，也觉得家乡没那么虚、没那么远了。”

四

2012年，结束支教的郝琳硕选择去哈佛大学读国际教育政策专业的硕士，这与她此前所学的金融专业相去甚远。

改变学生的同时，老师自己也有了改变。郝琳硕还记得第一次“让家乡的明天更美好”项目结束后带学生去北京的场景。在“美丽中国”支教办公室，工作人员围着几个孩子问长问短，一个学生告诉他们，自己去了故宫、长城、国家博物馆，还在北大、清华和哥哥姐姐们聊天，“以前只有在课本上才能看到这些”。郝琳硕默默听着，湿了眼眶：“昨天他们还在田里割麦子，今天就可以来到北京。我们只做了这么一点努力，就让他们看到这么多原来没机会看到的东西。也许他们的人生，会因为这样的一点小事而有所改变。”

基于这样的想法，她选择了教育专业，之后又加入世界银行，为其下属国际金融公司做发展中国家教育项目投资的研究和评估。在这里，她要解决世界上因贫困导致的各种问题，支教生活就此改变了她的人生轨迹。至今她都觉得，在松桂镇和学生们在一起的那两年，是自己人生中最美好的时光。

她依旧和学生们保持着联系。30多个孩子自发建了微信群，每天用白族话和方言进行语音聊天，很多内容老师依旧听不懂，却觉得有一种熟悉感。2013年，她回到学校，和几个学生见面吃饭，归途中，有学生给她发信息："郝老师，那两年有你真好。"老师心里涌起阵阵暖意。

后来，这些学生当中，有人考上了大学，有的就在昆明的师范学校就读，他们以后同样想当老师。福根初中毕业后来到昆明，报考了一所艺术专科学校的舞蹈班，在几天紧张的考试和焦急的等待之后，他收到学校的录取通知书。字莉萍是郝琳硕当年的英语课代表，小小的个子，消瘦的脸上有一双灵动的大眼睛，乖巧而安静。她觉得自己当年"心态很不好"，很多事情不敢去做，在老师的鼓励下，她逐渐敢大声告诉别人自己的想法了。2015年高考，这个傣族女孩以603分的成绩被华北电力大学录取，为此，她特意给郝琳硕打了电话："老师，我终于要去北京了。"

"都说支教是奉献，其实正好相反，我们的收获比学生的还要大。在云南支教的两年，让我有了在欠发达地区工作和生活的亲身经历，也有了更大的动力去做对世界有意义的事情，还让我能够在更大的平台上影响和帮助更多人。在带给孩子们改变的同时，我也收获着自己内心的那份成长。"

在2014年的那次活动中，老师们还提出一句口号："与其在别处仰望，不如从家乡起航。"举办那届活动的支教老师李准写道："我们坚信有一天，当我们在这深山里看到一片无比茂盛的森林时，不必惊奇，那一定是我们的孩子，他们已经成为参天大树，哺育着幼小的生命，呵护着年迈的双亲，守护着由他们建设的最美的家乡。"

（摘自《读者》2019年第19期）

心灵的天空

梁树杰

有一个夏天永远飘忽在我的记忆里，而紧紧牵住这段记忆的是一个女孩。

那年夏天中午下班回家，蓦地发现一个十来岁的瘦小乡下女孩蹲在我的脚下，她的右臂挽着一个浅蓝色的包袱，黑红的圆脸上布满汗渍，那件缀有小红花的衬衣蒸腾着热气，一双沾满污垢的胶鞋被脚趾穿了一个洞。她抬头怔怔地望了我半晌，“你不认识我了吗？婶，我是小玲。”

那一瞬间，我心头一颤，我仔细端详着，一个模糊的影子在我的脑中晃动。

那年我新婚不久，随先生来到了他的故乡——山东一个偏僻的小村庄。一天傍晚来到他的堂哥家，正与堂嫂寒暄，门口忽然出现一个手提书包，背上驮着一个背篓的女孩，她看见我轻轻地叫了声“婶”。

堂嫂告诉我，因为家里缺劳力，女儿每天都要在放学的路上打一篓猪草回家，不打猪草回来，第二天就不能上学了。我的鼻子一酸，摸着女孩的头，说，没事，婶以后供你上学。

回到都市，随着时光的流逝，我已忘了当时的承诺，甚至忘了她的模样。

我紧紧搂住她，我想这孩子是为了一个梦而来的，这梦是我给她编织的，而我却把她忘了。

把她安顿好后，我才知道许多我所不曾知道的一些变故。她爸爸打工从高楼坠下，弟弟上小学，家里经济困难，她和弟弟面临缀学的困境。她这次外出是想打工挣足学费。我能做些什么呢？我决定把她留下来，说她当个小保姆，发给她足够的工资。于是每天我给她一些菜钱让她给我做饭，这样每天我不但能吃到可口的饭菜，而且居室也焕然一新。我真的对她产生了一种莫名的依赖。一天中午，她买了一个西瓜回来，放在冰箱冷冻后，等我回来。回家后，我口干舌燥捧起西瓜独自狂啃，忽然发现她正在看着我，我问："你怎么不吃？""我们家那地方可多了。"她说完帮我收拾西瓜皮。过了一会儿，见她进了厨房久久没有出来，我探头一看，她竟然津津有味地啃我吃剩下的西瓜皮。我跳起来冲过去，夺过西瓜皮，"冰箱里有西瓜，你为什么不吃？嫌婶对你不够好吗？那吃剩的西瓜皮不卫生，只能当垃圾或喂猪，你知道吗？"她咬紧嘴唇，默默摇头，脸颊滑下两行清泪……

第二天，我早早地起床试图向她道歉，可我只在桌上见到一张纸条："婶，谢谢您的收留，我决定去找一份更适合我的工作。王小玲"

望着这纸条，我呆呆出神。我伤害了一个多好的姑娘啊！我将字条揉碎，透过窗口，缓缓撒向天空。雪白的纸片在空中飞舞，渐渐随风飘去……

（摘自《读者》2004年第22期）

一诺千金

吟　秋

去陕西出差，先到一个很偏远的小镇，接着坐汽车去村里。路凹凸不平特难走。沿着盘山公路转悠，没多久我就开始晕车，吐得一塌糊涂。后来翻过了两座高山，过了一条湍急的河，走了一个多小时才好不容易捱到了村里。

于是我开始忙着拍照，一群小孩子好奇地围着我，该换胶卷了，我随手把空胶卷盒给旁边的一个小孩子，她高兴极了，其他的孩子羡慕地围着看。看着小孩儿喜欢，我又拆了个胶卷盒给另一个小孩儿，他兴奋得脸都红了。我又翻翻书包再找出两支圆珠笔分给孩子们，惹得更多的孩子渴望地看着我的书包，我真后悔没多带几支笔。我拉着一个穿红碎花小褂的女孩儿问："叫什么呀？""小翠。""有连环画没有？""没有。"旁边男孩儿说："学校只有校长才有本字典。""姐姐回北京给你们寄连环画来，上面有猫和老鼠打架，小鸭子变成天鹅的故事。”听得他们眼睛都直了。

我拿出笔记本："记个地址吧。""陕西 × 县李庄小学……""谁收呢？""俺姐识字，她收。"过来一个大一点的女孩儿说："姐姐，写李大翠收。""好吧。"

从陕西又转道去四川、青海。回北京忙着写报告，译成英文，开汇报会，一晃就是两个月。一天，偶尔翻到笔记本上的"李大翠"，猛然想起小村子的孩子们。我犹豫了一下："孩子们早忘了吧？就是寄过去，也许路上丢了，也许被人拿走了，根本到不了孩子们手里。"

第二天，我还是拜托有孩子的同事带些旧书来。大家特热情，没几天，我桌上就堆了好几十本，五花八门什么都有：《黑猫警长》《邋遢大王》《鼹鼠的故事》《十万个为什么》《如何预防近视眼》，居然还有一本《我长大了，我不尿床》，呵呵，是有婴儿的妈妈给的。从家里找了本《新华字典》，又跑书店买了本《课外游戏300例》，一同寄走了。

快忘了的时候，接到李庄的信："北京姐姐你好，从你走以后，村里的娃娃天天都说这事儿。我们经常去镇上的邮局看看，嘱咐那儿的叔叔、婶婶，'有北京来的信一定要收好啊，那是我们的'。等了两个月没有，村里的大人笑我们，'北京的姐姐随口说的，城里人，说话不作数的'。我们不信，姐姐清清楚楚地在本子上记下了我们的地址啊。后来发大水了，妈妈不让我们去镇上。我拉着小翠偷偷去，其实不远，半天就到了。万一书寄来呢？万一我们不在被别人拿走了呢？那天我们终于收到了。姐姐，你知道我们有多高兴吗？用化肥袋子包了好几层，几十里山路却是跑着回来的！晚上全村的娃娃都到我家来了，小翠是搂着书睡的，任谁也拿不走。第二天拿到学校，老师说建一个'图书角'，让我当管理员。看的人必须洗干净手，不能弄坏了。书真好看，故事我们都背下来了，还给俺娘讲哩。”

我看着窗外，眼睛湿了，想着那两座高山，漫过桥的大水，泥泞的山路上一高一矮两个单薄的身影。我为曾经的犹豫感到羞愧，幸亏寄出去了，要不永远对不起孩子们，伤了他们的心，拿什么来补。

后来我又陆续寄了一些书和文具。秋天来了，收到一个沉甸甸的大包，李庄的。里面是大枣，红亮红亮地透着喜庆，夹着字条："姐姐，队长说今年最好的枣不许卖，寄给北京。”我把枣分给捐书的同事，大家说从来没吃过这么甜的枣。

从那以后，我明白了什么叫“一诺千金”。

（摘自《读者》2005年第17期）

致　谢

2021年7月1日，习近平总书记在庆祝中国共产党成立100周年大会上指出："一百年前，中国共产党的先驱们创建了中国共产党，形成了坚持真理、坚守理想，践行初心、担当使命，不怕牺牲、英勇斗争，对党忠诚、不负人民的伟大建党精神，这是中国共产党的精神之源。一百年来，中国共产党弘扬伟大建党精神，在长期奋斗中构建起中国共产党人的精神谱系，锤炼出鲜明的政治品格……"这些精神包括井冈山精神、长征精神、遵义会议精神、延安精神、抗战精神、西柏坡精神、抗美援朝精神、"两弹一星"精神、改革开放精神、抗洪精神、抗震救灾精神、脱贫攻坚精神、抗疫精神等伟大精神。为了与广大读者一道更加深刻地理解、感悟并弘扬这些伟大精神，我们编选了"读者丛书（2022）"作为这套丛书的第6辑。丛书以"建党精神""脱贫攻坚精神""抗疫精神""'三牛'精神""科学家精神""企业家精神""探月精神""新时代北斗精神""丝路精神”“改革开放精神”为主题，从以《读者》为代表的各类报刊、图书、网站等渠道精选了600多篇精美文章汇编成书，所选文章以生动鲜活的事例印证、诠释了这些伟大精神的深刻内涵和永恒魅力，激励我们永远斗志昂扬、奋发向上。

比之往年，今年的“读者丛书”有了几点变化：一是以出版年份作为新一辑丛书的标记；二是为了满足不同读者的阅读需求，我们还增加了两个小套系：一套精选了近180篇适合中学生阅读并且有助于他们正确处理与同学、老师和家长关系的文章汇编成3册，这些文章通过一个个生动有趣的小故事阐述了深刻的人生道理，能让读者在轻松有趣的阅读氛围中享受成长的快乐；另一套则以“家庭家教家风”为主题，分别精选相关美文编辑成3册，希望我们能继承中华优秀传统，建设文明家庭，传承良好家教，树立纯正家风，营造出更加和谐文明的社会风气。

与往年一样，“读者丛书（2022）”的策划、编辑、出版得到了中共甘肃省委宣传部、甘肃省新闻出版局以及读者出版集团、读者杂志社等各方的指导和帮助，在此深表谢意！与此同时，丛书的编选也得到了绝大多数作者的理解和支持，他们对作品的授权选编和对丛书的一致认可解除了我们的后顾之忧，对此我们表示诚挚的谢意！虽然我们尽力想把工作做得更细致、更扎实，但因为种种原因依然未能联系到部分作者，对此我们深表歉意，也请这些作者见到图书后与我们联系。我们的联系方式是：甘肃人民出版社（甘肃省兰州市曹家巷1号新闻出版大厦14楼，730030，联系人：李依璇，13893216265）。

“江山无限好，祖国万年春。”编辑出版“读者丛书2022”，我们希望与广大读者一起继承和弘扬这些伟大精神，把伟大祖国建设得更加美好。

读者丛书编辑组

2022年8月